中國棋手的智慧之戰

擁抱世界正能量 ⑦

關麗珊　著

新雅文化事業有限公司
www.sunya.com.hk

擁抱世界正能量 7
中國棋手的智慧之戰

作　　者：關麗珊
插　　圖：Chiki Wong
責任編輯：陳友娣
美術設計：鄭雅玲
出　　版：新雅文化事業有限公司
　　　　　香港英皇道 499 號北角工業大廈 18 樓
　　　　　電話：（852）2138 7998
　　　　　傳真：（852）2597 4003
　　　　　網址：http://www.sunya.com.hk
　　　　　電郵：marketing@sunya.com.hk
發　　行：香港聯合書刊物流有限公司
　　　　　香港荃灣德士古道 220-248 號荃灣工業中心 16 樓
　　　　　電話：（852）2150 2100
　　　　　傳真：（852）2407 3062
　　　　　電郵：info@suplogistics.com.hk
印　　刷：中華商務彩色印刷有限公司
　　　　　香港新界大埔汀麗路 36 號
版　　次：二〇二一年六月初版

ISBN: 978-962-08-7794-0
© 2021 Sun Ya Publications (HK) Ltd.
18/F, North Point Industrial Building, 499 King's Road, Hong Kong
Published in Hong Kong, China
Printed in China

目錄

第一章　杭州：煙雨迷離話珍瓏

無論相隔多少年，余意依然記得那一局棋。

那時候，他是圍棋職業三段，為了挑戰五段高手努力鑽研棋譜和練習。然而，由於雙方實力有一定距離，一百手以後，余意知道無法扭轉敗局，相信再下三步棋就要認輸。

五段高手氣定神閒下棋，只是穩穩妥妥自然勝出，沒料到一子失誤，讓余意險勝一目。

原本心情跌落谷底的余意既驚訝又開心，望向高手說：「承讓。」

對方只是點點頭，微微一笑，余意認為是高手刻意讓他勝出的。

每當余意感到失意的時候，他都想下棋或看人下棋。

兩人對弈總有勝負之分，不過，在余意心目中，圍

棋世界永遠有溫情善意。所以，余意決定開設棋社和棋班，可以日日跟棋友相聚。

棋社設在西湖附近，四季景色不同。余意喜歡跟孫女散步，無論晴天雨天，西湖都是迷人的，千百年間也是這樣美麗。

佳晴不明白爺爺下過無數盤棋，依然喜歡說同一局棋，她早已聽過一百遍，她認為那個五段高手是輕敵大意，並非刻意讓爺爺勝出的。不過，她還是愛聽爺爺說故事，無論是西湖傳說還是圍棋故事，全部都聽得津津有味，並不介意爺爺重複說同一故事。

余意最喜歡跟孫女說蘇東坡的故事，彷彿跟蘇東坡是好朋友。在故事裏，他跟蘇東坡一起煮東坡肉似的，再說到自己跟朋友修建蘇堤一樣。

「你記得蘇東坡怎樣描寫西湖嗎？」余意問。

「水光瀲灩晴方好，山色空濛雨亦奇。欲把西湖比西子，淡妝濃抹總相宜。」佳晴唸出詩句，因為爺爺經常提及，她早已懂得背誦。

每年的端午節，爺爺都會說白娘娘的故事，許仙、

白蛇和青蛇又變成爺爺的朋友似的。爺爺每年起碼說一遍白娘娘的事跡，佳晴百聽不厭，就像跟爺爺一起活在故事裏。

在故事世界裏面，爺爺找白娘娘把脈，佳晴還會跟小青閒聊幾句。說到白娘娘誤飲硫磺酒，許仙被白蛇真身嚇死後，爺爺和佳晴就一起跟白蛇和青蛇去盜仙草，來到水浸金山寺，佳晴看見巨浪滔天，白娘娘最終被法海壓在雷峯塔下……說到這兒，爺爺總會順手指向遠方說：「雷峯塔就在那兒倒下。」

每次聽到這兒，佳晴才敢透大氣，然後問：「爺爺，白娘娘逃出來了嗎？」

余意無論聽到孫女發問多少遍，都像首次聽到，笑問：「你想她逃脫嗎？」

「想呀，希望她可以回家。」佳晴點頭說。

「你的願望實現了，白娘娘已經離開雷峯塔。」

「媽媽會像白娘娘那樣回家嗎？」

「嗯，」余意轉話題說：「許仙和白娘娘的年代盛行圍棋，也許他們有空會下棋的。」

「白娘娘一定揀白子。」

爺爺想了想，説：「白娘娘喜歡白子，古代白子先行。」

「媽媽喜歡白子還是黑子？」

「黑子，大多數棋手都喜歡黑子，現在是黑子先行。」

「媽媽像白娘娘一樣會法術嗎？」

「每個媽媽都懂得『媽媽魔法』，她會守護佳晴的。」

佳晴點點頭，認真發問：「如果我贏了比賽，或者我可以入段，媽媽會高興嗎？」

「只要佳晴盡力比賽，無論成敗，媽媽都會高興的。」

「爺爺，再説棋聖吳清源的故事好嗎？」

「吳清源跟佳晴一樣祖籍浙江杭州，不過，他並非在這兒長大。」

「佳晴會成為另一個吳清源嗎？」

「不會，佳晴是獨一無二的。」

「爺爺，説説柯潔哥哥的故事好嗎？」

「好，我們慢慢説，柯潔是浙江麗水人。」

「為什麼奶奶讚他未滿十八歲成為世界冠軍是了不起的，爸爸卻説他有點驕傲呢？」

「你直接問他們，不是更好嗎？」

「不，我問奶奶的話，她要我先做功課，才跟我閒聊。我問爸爸圍棋的事，他説我長大後自然知道。」

「對，你將來自然知道，還用問爺爺嗎？」

「要啊，將來知道是將來的事，可是我現在就想知道。」

「世界冠軍壓力很大，我們不能對他要求太高。」

「麗水是怎樣的地方？有許多圍棋咖啡店嗎？」

「爺爺相信有，不過，爺爺不曾到麗水去。」

「爺爺，帶我去麗水看看好嗎？我會成為另一個柯潔嗎？」

「不會，佳晴永遠是獨一無二的。」

「爺爺，我想跟柯潔九段下棋。」

余意不禁笑起來，説：「美少女都想越級挑戰柯潔

九段嗎？」

佳晴聽到爺爺拐個彎讚她是美少女棋手，心裏好像有鮮花盛開，但不願表露出來，笑道：「爺爺，世上哪有九歲的美少女？我就算美，也不過是美小孩。」

「嘖，誰會自誇貌美？別人叫你美少女，大多是忘記你的名字隨口說的，你別認真。」

佳晴低下頭說：「我不是自誇，我只是跟隨爺爺的說法，說說笑，你別說我驕傲。」

余意用食指點了點佳晴的頭殼，問：「你想做美少女還是想做九段高手？」

佳晴認真想了好一會，抬頭望向爺爺說：「全部都想。」

「豈不是變成美少女佳晴九段？」余意以誇張語氣取笑佳晴，佳晴以更誇張的語氣說：「我要成為贏得柯潔九段的美少女余佳晴九段！」

余意大笑起來，說：「待你長大以後，相信柯潔九段已經淡出。」

「他不會的，他永遠是世界第一。」

「沒有人可以永遠做世界第一。」

「爺爺呀……」佳晴想發脾氣，余意笑說：「九段棋手不會隨便發脾氣的，你要培養九段高手的氣量。嗯，我們返回棋社看看，說不定會遇上未來的世界第一。」

「你早已遇上。」

「誰？」爺爺認真細想，說：「沒有，我還未遇上未來的世界第一。棋班的確有不少聰穎的孩子，八歲的程皓天很有天分，但太好勝。跟你同齡的戴若銘聰穎有餘，可惜稍欠大將之風。嗯，我想不起誰是未來的世界冠軍。」

「我現在隆重宣布，未來的世界冠軍就是余佳晴九段！」

爺爺笑破肚皮，好一會才可說話，一邊笑一邊說：「我不肯定你可會成為世界冠軍，但肯定你是過去、現在和未來的自大狂。如果自大狂會分段，你就是自大狂九段。我們要多點帶你出去看看，別讓你躲在小小的夜郎國自我膨脹。」

佳晴笑起來，她是誇大逗爺爺笑的，她喜歡看見爺爺大笑，更喜歡跟爺爺一起上街，因為爺爺總會給她説故事。有時候，路過商店，還會給她買美味的水果和合桃棗子之類的零食。

經過雲松書舍時，佳晴問：「爺爺，可以再説珍瓏的故事嗎？」

「那是書舍主人在武俠小説裏提到的，武林高手設下珍瓏棋局，勝出的可以做他的徒弟。」

「我記得呀，數十年來都沒有人可以破珍瓏棋局。最後，幾個聰明的主角還是破解不到，一個傻乎乎的和尚胡亂下棋卻就這樣勝出了。」

「他所下的一子會犧牲大量的棋，沒有人會那樣下棋的，那是置之死地而後生。」

「胡亂下一子就勝出，好像不用讀書就考到一百分，純粹靠運氣。」佳晴不服氣説。

「沒有人可以不讀書考一百分的，考試和下棋一樣，不能靠運氣的。」

「他亂下一子就贏了。」

「這章節跟圍棋關係不大，作家寫的是聰明人太過計算，太想勝出，往往會輸掉，不大計算的人反而會得到勝利。」

「我不明白。」

「你知道爺爺的爺爺當年在鄉下如何捉猴子嗎？」

「用網嗎？」

「不是。」

「設陷阱嗎？」

「不是，」余意想了想，說：「嗯，或者可以說是陷阱，不過，陷阱是猴子自設的。」

「猴子怎會自設陷阱？牠走來讓人捉嗎？」佳晴笑說：「爺爺別騙小孩子啊。」

「不騙你。」爺爺笑說：「爺爺的爺爺說，他們將蘋果放入窄口的大瓦罐，瓶口窄得僅僅可以讓猴子伸手入去。當牠拿起蘋果，手握蘋果是無法將手和蘋果一起拿出來的，牠的手就會因為緊握蘋果而困在瓶內。」

「猴子連同瓦罐一起拿走，不就可以嗎？」

「大瓦罐太重，猴子不能帶同大瓦罐一同離開，頂

多可以拖行幾步。當人發現猴子，就會跑去捉牠，牠只能焦慮地拖住大瓦罐前行，但走不遠。」

「猴子放下蘋果就可以走，牠一定跑得比人快的，又會爬樹，人怎可以捉到牠呢？」

「猴子太固執了，牠們看見有人走近，但不懂放手，只管將蘋果握得更緊，慌忙拖住又重又大的大瓦罐走，跑得太慢，想捉牠的人自然捉到牠。」

「這就是陷阱嗎？」

「可以說是猴子自己給自己的陷阱，」余意笑說：「只要放手，即時可以將手抽出來然後逃走，沒有人可以追到牠。」

「猴子一定喜歡吃蘋果，很喜歡很喜歡，」佳晴說：「猴子太愛蘋果，所以不捨得放手。」

「有時候，我們就像猴子。有些人面對珍瓏，太重視權力和名利，不懂放手，視野局限在圍地之上，所以輸掉珍瓏。」爺爺說：「有些人太重感情，不願捨棄一些棋子，也就輸掉了。」

「太重感情都錯嗎？」

「沒有錯，重感情沒問題，但不要過度重感情。」

「佳晴比猴子聰明，就算爺爺將佳晴喜歡的東西放入窄口瓶內，當我伸手拿到心愛物品，但不能將物品拿出來的時候，我會放手，放開拳頭，放下心愛的物品，將手拿出來的。」

「這就是了，不過，世上的窄口大瓦罐未必是看得見的。」余意說：「有時候，得到的不一定屬於你，懂得欣賞已經足夠。」

「蘋果不是拿來欣賞的，水果要拿出來吃呀。」

「如果你是猴子，明知拿不出來，你還要握緊蘋果嗎？還是放手離開呢？」

「我可以拿起大瓦罐將蘋果倒出來嗎？或者，我可以用石頭打破瓦罐。」

「不可以，大瓦罐又大又重，特意用來捉猴子，猴子是不能拿起來的。就算猴子要打破大瓦罐，都要先放手。」

「明白了，我不像猴子，我懂得放手的。」

「小說寫和尚破解珍瓏道理一樣，他放手，任由大

部分棋子被拿走。」

「爺爺騙人，嗯，應該説小説騙人，這樣做不可能反敗為勝啊。」

「現代的圍棋規則是不可能的，不過，武俠小説寫的是古代圍棋，沒有那麼嚴格的。」

「爺爺，被捉的猴子太可憐了。」

「如果猴子有猴子爺爺教牠在應該放手時放手，牠就不用被捉住了。」

「你笑我像猴子嗎？」

「你確是小猴子啊。」余意笑説。

「如果我是小猴子，爺爺就是老猴子啊。」

「我們的棋社改為猴子棋社吧！」余意大笑説。

「誰要去猴子棋社？」佳晴慧黠反問。

「老猴子帶小猴子去猴子棋社，裏面有大大小小的猴子，像花果山一樣。你看，我們一邊走一邊説，差不多到了。」

佳晴緊握爺爺的大手前行，看見棋社就在眼前。

踏入棋社，最先看見周苓和相熟棋客駱伯伯在接近

櫃台的桌子下棋，余智在櫃台看棋書。

余意放開孫女的小手，快步走到周苓身旁，站在那兒看他們下棋。

佳晴走到櫃台，問：「我可以吃紅豆甜湯嗎？」

余智雙眼沒有離開手上的棋書，隨口説：「不可以，奶奶煮了蛋花番茄湯。今日喝湯，不要吃甜湯。」

「不如讓我吃杏仁露？」

「不可以，換牙期間，少吃甜品，喝湯。」余智直接説。

如果面對爺爺，佳晴會追問下去，直至可以吃甜湯為止。面對父親卻不敢多説，自顧自走入廚房，拿碗蛋花番茄湯坐下來喝。

近窗的棋客揚手，佳晴走近，棋客説：「麻煩你拿兩杯黑咖啡來。」

佳晴返回櫃台跟余智説，余智走到水吧煮咖啡，沒多久，整間棋社充滿咖啡香味。

余智送咖啡的時候，剛好看見鄰桌棋客差不多下完一盤棋，白子快將勝出。

執白子的少年説：「這盤棋不如和局？」

對弈的中年人笑説：「好。」

余智放下近窗棋客的兩杯咖啡，沉默離開，但跟隨爸爸走近的佳晴卻低聲問：「爸爸，白子會贏，為什麼要和？」

中年人剛巧聽到，一臉尷尬，余智連忙説：「小女胡言亂語，別理會她。」

中年人笑問佳晴：「你學圍棋多久了？」

「我不知道，」佳晴説：「好像由出世開始就見家裏的人都玩圍棋，不用學，看多了自然懂得。」

少年説：「像我一樣，不過，我五歲開始正式去道場跟師傅學棋。你呢？」

「我沒有跟師傅學棋。你看，站在櫃台附近看棋的是我爺爺，剛才送咖啡的是我爸爸，正在下棋的是我奶奶，他們有空就會教我下棋的。」

少年問：「你的媽媽不下棋嗎？」

「媽媽是圍棋高手，不過，她沒有教我下棋，因為……」

「佳晴，你去吃杏仁露吧，這兒沒你的事。」余智突然截斷她的話說。

少年追問：「因為什麼？」

「因為她死了。」佳晴說。

中年人再次流露尷尬神情說：「犬兒失言，別介意。」

余智抱一抱女兒的肩膀說：「沒關係，孩子早已習慣，這兒的棋客都知道的。」

「辛苦你了。」

「不辛苦。」余智說：「很少看見父子前來下棋，通常沒有對手對弈的棋友才來棋社的。」

「孩子的媽早逝，我只懂教孩子下棋，他沒有什麼嗜好。我們前來西湖旅遊，犬兒說多日來沒有下棋，剛巧路經棋社，入來下盤棋和吃碗甜湯。」

「謝謝光顧。」余智笑說，隨即帶佳晴回櫃位。

「自己拿杏仁露吧。」余智說。

「已經喝湯了，不吃甜品啦。」佳晴說。

那個中年人走過來，跟余智說：「在下姓蘇，犬兒

蘇明，他説很少跟年紀小的朋友下棋，想和令千金下一盤棋。」

「好呀。」余智説。

佳晴拿了杯清水走到蘇明的桌子，在他的對面坐下來。

猜子後，佳晴黑子先行，大家很快布陣，看來水平差不多。

下棋百多步後，蘇明技勝一籌，看來快要勝出，豈料錯下一子，連佳晴都奇怪他怎會犯錯。

蘇明不斷在心裏怪責自己，繼續下去並不能扭轉局面，只好説：「我輸了。」

「承讓。」佳晴説。

蘇明對自己的錯失感到難以置信，專心覆盤，將大家下過的每步棋子重下一遍，既悔恨大意，更難想像眼前的女孩可以下得那麼漂亮精妙。

佳晴默默飲水，看見蘇明的眉心打結，很是懊惱。

「我十五歲，你多大？」蘇明突然問。

「九歲。」佳晴答。

「九歲？」蘇明瞪大眼說：「我竟然敗在九歲女孩手上。」

「別失望，不少棋友都曾敗在我手上的。」佳晴笑說。

「你入段多久？」

「沒有，我是業餘的。」

「老闆呢？」

「爸爸是六段。」

「你為什麼不入段？」

「爸爸說外婆不許，外公也不喜歡，所以，爸爸不讓我專注圍棋之上。」

「跟你一起進來的是你的外公？」

「不，你忘記嗎？我剛才介紹過，他是我爺爺，正在下棋的是我奶奶。」

「他們都是職業棋手嗎？」

「爺爺是五段，奶奶是初段。奶奶說家務太多，要不然，她可以是九段的。」

少年笑起來，覺得這家人實在有趣，不禁追問：

「你的外公和外婆怎可能不許你入段？他們不懂圍棋嗎？」

「爸爸說外公曾是職業棋手，已經退休了。外婆的事……我不知道了。」

蘇明張大嘴巴，沒想過眼前的女孩是貨真價實的三代圍棋高手，正想追問下去，他的父親走近說：「我們走吧，還要去許多地方呢！」

蘇明望向佳晴，問：「明天你還在嗎？我剛才太輕敵，我想贏回一盤。」

「放學後會來的。」佳晴說。

「明天見。」蘇明說。

蘇氏父子離開後，余智看見蘇明覆盤的棋局，輕撫女兒的頭髮說：「佳晴棋藝有進步，嗯，過去幫爸爸執拾廚房吧。」

「棋藝進步有什麼用？別家小孩都已入段，個個贏比賽有數十萬獎金，你們卻不許我去職業考段。」

「你看見最頂尖的棋手有豐厚獎金，但看不見千千萬萬棋手努力下棋卻沒有收入，你別妄想下棋賺錢。」

余智帶點不滿説。

「我見你們下棋可以賺錢，你們還可以教棋班，許多學生交學費呀。」佳晴反駁道。

余智想説什麼，但見女兒越來越像妻子的臉，心下難過，無意多説，默默將棋子放好。

佳晴清理廚房後，走去看奶奶下棋，只是駱伯伯一臉緊張，奶奶反而輕鬆得多，看表情可預知勝負。

「佳晴，給駱伯伯拿杯茶來。」爺爺説。

駱伯伯擺擺手説：「不用，我認輸了，回去跟乖孫看電視。」

「承讓。」周苓笑説：「陪你走一段路吧。」

駱伯伯笑起來，余意連忙站起來説：「我們一起去散步吧！」

余意幫駱伯伯拿穩拐杖，跟周苓一起送駱伯伯回家，順道聊天。

「駱伯伯每天都來，不辛苦嗎？」

「棋社有許多固定的長者顧客，一來就大半天。在人生的黃昏階段可以下棋，大腦不會提早退化，未嘗不

是幸福的。」余智説。

「駱伯伯多大？」

「八十多歲了，駱伯伯曾是五段高手，可惜，記憶力大不如前。」

「爺爺、奶奶和駱伯伯加起來二百多歲了。」佳晴説，余智忍不住笑起來。

第二天放學後，佳晴回到棋社，坐到一旁跟爸爸一起看棋書。

黃昏，蘇明獨個兒前來。在櫃台付款後，佳晴帶他坐下，問：「要什麼飲品？」

「綠茶，謝謝。」蘇明説。

余智遠遠聽到，拿一杯綠茶和一杯清水給他們，看見佳晴再執黑子，雙方很快在棋盤上開拓自己的地盤。

「你是浙江人嗎？」佳晴問。

「不是，我是開封人。」

「聽爸爸説，外婆好像是開封人，但不肯定。」

「真巧。」

「開封還像清明上河圖那樣嗎？」

蘇明笑起來，説：「你看過清明上河圖？」

「兒童圖書介紹的，你看過嗎？」

「當然看過，可是現在的開封怎會像幾百年前的樣子呢？」蘇明説：「現在的杭州都不像吳越古都啊。」

「爺爺説南宋時期，杭州比現在還出名。」

「現在依然出名。」

「你們來看西湖？」

蘇明笑了起來，如果佳晴是他的同齡朋友，他會取笑她明知故問，外地人不是來看西湖，難道來看圍棋棋社嗎？

不過，眼前對弈的棋手並非同齡，而是小學生，蘇明無意取笑她發問廢話，認真回答：

「嗯，我和爸爸來看西湖。」

「你們去過作家的書舍嗎？」

「去過。」

「你知道珍瓏嗎？」

「知道。」

「我們下次互設珍瓏棋局好嗎？」

「不好。」蘇明説：「我們不要追求拆解殘局。」

「爺爺和爸爸都是這樣説的，我以為你跟我差不多年紀，你會覺得好玩。」

「我並非跟你差不多年紀，我比你大六年，學棋十年，學棋的年資比你的年齡還要大。」

「你只是老氣橫秋。」佳晴嘟起嘴説。

「誰教你那麼深的成語？」

「上學時老師會教成語呀，不知多淺白，你的老師沒有教嗎？」

「我沒有上學，我只跟着圍棋老師學習。老師跟我説每次下棋都是學習，我每日下棋和閲讀棋書超過十小時。」

「好辛苦啊。」

「不辛苦，我好開心。我們要學習的事情太多了。我們要學識形勢判斷，還要學習確認自身承受底線，更要跟老師學習擬定策略，最後，我覺得最難的是保留彈性。如果專注破解珍瓏，很容易變得自以為是，我們不要那樣學棋。」

佳晴想不出怎樣反駁，只管說：「哼，你就是老氣橫秋。」

蘇明下一子，微微笑說：「就這樣嗎？」

佳晴細看棋局，發現已經無路可走，無論再走多少步，最終都是輸的，不如及早認輸。她低聲說：「我投降。」

「承讓。」蘇明說。

這局棋很快分出勝負，蘇明手上的綠茶還是暖的。

「再下一盤嗎？」佳晴問。

「不，我和爸爸今晚離開，先到麗水一遊。」

「你們去看柯潔哥哥的故鄉？」

蘇明笑起來說：「對，他是我的偶像。他只是比我大幾年，成就卻比我高得多。」

「你這樣說，好像你也有點成就。」

「在下三段。」

佳晴眼前一亮，說：「我昨天贏過三段棋手！我從未贏過爺爺，爺爺都是三段。」

「那是我太輕敵，犯了不該犯的錯誤，加上昨日走

過許多地方，有點疲倦，不知為什麼會下錯棋。總之，我是犯錯才輸棋的，並非你的實力比得上三段棋手。」

「你說我勝過三段高手，先讓我高興一陣子，別太認真啊。」

蘇明見佳晴的笑臉在一秒間消失，覺得自己說得太直接，有點不忍心，轉話題問：「你喜歡柯潔嗎？」

「喜歡啊，不過，爸爸和奶奶都說他有點自大。」佳晴努力去想那個成語，但想不起來，說：「爸爸說他什麼必敗的。」

「驕兵必敗？」

「差不多。」

「我很喜歡他，他是我的偶像。我還喜歡范蘊若，他在今年贏過幾個韓國高手。他是上海人，我們先去他的故鄉，然後來西湖，再去麗水，遊過後，就會返回開封。我的圍棋團隊遲些會去北京比賽，到時會去看小范學棋的道場。」

「范蘊若比你大，你幹嗎稱他小范？」

「雖然大家稱范廷鈺九段為小范，比他大幾個月的

范蘊若為大范，但是我喜歡稱范蘊若為小范，感覺親近一些。」

「我沒有留意他，他跟柯潔哥哥一樣是九段嗎？」

蘇明呷一口茶說：「差不多。小范八段，實力相差不遠，不過，性格差別頗大。」

「你認識他們嗎？怎知他們的性格？」

「我們是他們微博的粉絲啊，」蘇明打開手機的帳戶，讓佳晴看見帳號叫「北海的早晨」的微博，說：「這是范蘊若的，許多棋友稱他『北海』，就像普通人的帳號一樣。沒有預先知道的話，甚至不知道這帳號是一流棋手的，他很少發博。柯潔的帳號是『柯潔大棋渣』，你看他怎樣介紹自己，就明白你爸爸的看法。」

佳晴拿起蘇明的手機來看，只見柯潔這樣自我介紹：「看來圍棋盲還是不少啊，在這裏我簡單介紹一下自己：我叫做柯潔，九七年出生。現在暫時是世界圍棋第一人（特地用了暫時，謙虛是美德）。正式比賽我是單盤八比二碾壓李世石（他贏得這兩盤沒有任何作用），世界冠軍獲得過三次（此年齡如此成績前無古

人），大小國內賽事冠軍數次。我本來真不想提這些，因為我是一個低調的人，是你們逼我的。」

「噢，好自信。」佳晴説。

「他的粉絲看他是自信，我和你都覺得他自信，但我的爸爸和你的爸爸都説他自大。」

「你看他在南韓棋王李世石和阿法狗（AlphaGo）那場大戰後寫了『就算阿法狗戰勝李世石，但它贏不了我』，自信得很，粉絲暴增。」

「他和阿法狗大戰，你認為誰會贏呢？」

「當然是柯潔。」蘇明即時答。

附近桌子的棋手剛分勝負，白子勝出的男人聽到他們談起柯潔，前來搭訕：「他不會勝出的，AlphaGo會不斷學習的。即使柯潔現在認為自己會贏，待他再跟電腦對弈的時候，AlphaGo已經再進一步了。」

黑子輸掉的年輕人在座位低頭覆盤，仍然忍不住相隔一些距離説：「我在外國看直播，南韓棋王真是名不虛傳，連輸三局仍可保持極高的心理質素，最後一場的巧手真是奇妙。」

「人人都讚第七十八手出的是神之一手。」白子勝出的男人説。

「完全扭轉敗局。」余意不知由哪時開始走到孫女身旁加入閒聊。

「那天我和棋友一起看電腦直播，以為持白子的李世石一定再輸。他差不多用光自己的兩小時，多次離席沉思，沒料到在餘下不足十五分鐘的時間，他就下了第七十八手妙手。」

「阿法狗就這樣輸了。」蘇明説。

「嗯，人類首次贏到AlphaGo。」白子勝出的男人説：「相信是唯一一次。」

「柯潔會贏的。」蘇明説。

「不可能。」黑子輸棋的少年説。

「一定贏。」蘇明有點生氣道。

「就憑他？」附近有人加入大聲説。

「哈，」余意打哈哈緩和氣氛道：「大家不要動氣，如果柯潔有天勝過阿法狗，我們棋社免費招待大家飲綠茶。」

31

「人不可能贏計算機（電腦），我們無法享用免費綠茶的。」附近棋友説。

「柯潔會贏，到時記得請飲綠茶。」另有棋友説。

「下棋不是贏就是輸啊，下過就知道，大家不用爭拗。」余意説。

「柯潔贏了阿法狗之後，我再來跟你下棋，讓你們請我飲茶。」蘇明説。

「好呀。」佳晴問：「如果阿法狗贏呢？」

「我下次來杭州請你下棋飲茶。」蘇明説。

「一言為定。」佳晴説。

「那時候，説不定我已是五段，你要好好練習。」蘇明説。

「也許，我可到開封找你下棋，我們保持聯絡。」

「好呀，開封古城根本就像一個棋盤，你來的話，我帶你到處逛。我先走了，爸爸在酒店等我。」蘇明説罷，跟大家説再見，然後離開。

棋社裏的棋客還在討論AI和棋王之爭，誰也無法説服誰。不過，即使意見相反，大家依然聊得很高興。

✦ 第二章　西安：黑白玄妙無盡 ✦

佳晴首次乘搭飛機，帶她外遊的並非父親，而是祖父母。

為免佳晴在機艙感到沉悶無聊，余意給她看兒童詩集。當她看到白居易的詩「山僧對棋坐，局上竹蔭清；映竹無人見，時聞下子聲」，連忙給身旁的余意看。他看罷笑說：「許多詩人寫圍棋對弈，懂下棋的文人並不少，杜甫還會寫他的妻子親手畫棋盤。」

「讓我看看。」周苓拿起佳晴手上的詩集來看，然後說：「環境寧靜就會聽到下子的聲音，我們以前都聽到。」

「你知道奶奶和白居易是同鄉嗎？」

「真的？」佳晴說。

「說不定，秦始皇曾在她的附近居住。」余意說。

「爺爺騙人的。」

「誰騙你？」余意説：「西安有六千年歷史，奶奶一家住在兵馬俑附近的農村。她出世的時候，兵馬俑仍然埋在地底。」

「大概在我十四歲那年，才有人發現兵馬俑，我記得那年大旱。」周苓説。

「怎樣的大旱？」佳晴問。

「那時很久沒有下雨，四處都沒有水，大家都為水源發愁。許多人努力挖井，鄰近的村民挖井挖出兵馬俑碎片。」

「不但震驚考古界，簡直震驚全世界！」余意誇張道，逗得佳晴笑起來。

「我記得十九歲的時候，秦始皇兵馬俑對外開放，我和你爺爺一起去看兵馬俑。」

「你爺爺是棋痴，看見什麼都像看見圍棋棋盤，」周苓笑説：「他送給我的第一份禮物就是長安古地圖仿製品，他説長安古城是巨型棋盤。」

「你看見棋盤嗎？」余意示意佳晴望下去，佳晴説：「我只見機翼和白雲啊。」

「快降落了，待會佳晴可以跟太公和太婆下棋。」
周苓說。

「太公像駱伯伯嗎？」

「差不多，太公的精神很好，現時還在下棋。」余
意說。

余意想起少年時來西安下鄉，他在杭州不曾下田，
來到西安就要辛勞耕種。

晚上沒有活動，想起從小喜歡的圍棋，由於沒有足
夠的紙筆，就用樹枝在地上畫棋盤。

那時候，一起耕種的年輕人都來跟余意學圍棋，都
在湊熱鬧。許多人從未見過圍棋，余意充當老師，教大
家撿起深色和淺色的小石子當作黑白棋子，然後在畫出
來的棋盤下棋。月色好的時候，下棋時，還可以看見石
子反光。

周苓在農村長大，但覺下圍棋的少年很是聰明，便
跟他學棋。余意在芸芸學習圍棋的人之中，發現周苓天
分最高，於是特別用心教導她，他們很快成為大家眼中
的一對。

　　周苓的父母為免村民有太多閒言閒語，要周苓請余意回家吃飯。

　　周媽媽為這餐飯張羅良久，由於天旱和窮困，實在找不到美味食材，只好拿出珍藏的風乾肉塊，準備煮一塊，再拿一塊跟鄰居交換幾隻雞蛋和少許草菇，總算湊足三菜一湯。

　　余意很久沒有吃過美味的飯菜，很是開心。

　　周爸爸突然問：「你打算跟周苓結婚嗎？」

　　余意一怔，連忙吞下嘴裏的飯說：「我當然想過，周苓善解人意，我想跟她結婚的。」

　　周苓感到雙頰火熱滾燙，只管低頭吃飯。

　　余意看見周苓父母眉開眼笑，連忙補充：「不過，我的家人在杭州，我想回去跟父母商議，擇日回來迎娶她。」

　　「好，」周爸爸說：「就這樣決定。」

　　晚飯後，余意告辭，周媽媽說：「我怕多惹是非，你們先有個說法。」

　　「結婚後，留在西安吧。」周爸爸說。

「我很喜歡西安,不過,杭州的生活比較適合我們。」余意説。

周苓和余意就這樣決定結婚,安身立命。

離開西安的時候,周苓是余意的妻子,告別父母到杭州展開新生活。

周苓感到一切如在昨日,父母送她到火車站的情景猶在眼前,轉眼過了數十年。這次跟丈夫帶同十歲的孫女回來,三人乘搭內陸航班,在飛機聊聊天和吃點東西就到了。

走出機場,他們隨即乘坐計程車。余意想起首次離開杭州的情景,那時總是步行,很少乘搭火車,街上車輛不多,大家都是徒步或騎單車四處去,當年的西安市中心跟今日的相距甚遠。

這次為了慶祝外父生日而來,多年沒去西安的余意跟妻子和孫女舊地重遊,好像看見少年的自己,照鏡子卻見白髮蒼蒼模樣。

周苓的父母看見他們來到,高興得眉開眼笑,為他們準備一桌子美食,有羊肉煲,還有從酒樓買回來的北

京填鴨，加上幾味地道小菜，讓大家吃得開懷，尤其是首次吃羊肉的佳晴，開心得不得了。

「可惜未能四代同堂吃飯。」周老先生説。

「爸爸説有客戶早已租場比賽，不能改期，他還要教學生，所以，不能前來。」佳晴放下碗筷説。

「佳晴多吃一點，我們遲點去上海比賽，可以在杭州一起吃飯，四代同堂。」周老先生説。

「什麼比賽？」

「塘橋杯呀，」周老先生説：「我們組隊參加。」

「爹，你的圍棋成績可以參加嗎？」周苓問。

「還不是余意這個小子……」周老先生望向余意，忍不住笑起來，全桌人都望向余意大笑起來。

「當年那小子拿一副圍棋來做聘禮，怎會有人送圍棋呢？還要教我們下棋。我學懂了，就教其他人，附近的人都來下棋。」周老先生説。

周老太説：「自從周苓去杭州後，老伴就四處找人下棋。」

「爹，我將自己最愛的圍棋送給周苓，那副圍棋是

我儲錢多時才夠錢買的。她留在娘家，也是給你們最好的。」余意笑問。

「留下來正好讓我們老頭兒下棋消磨時間。」周老先生說。

「張伯的兒子是做醫生的，他說下棋可以保持頭腦靈活。」周老太說。

「太婆有下棋嗎？」佳晴問。

「我寧願出去耍太極，」周老太說：「以前會陪你太公下棋，他認識棋友之後，不用我陪了。」

「你的棋太爛了。」周老先生朝妻子笑說。

「爹，最近有比賽嗎？」周苓問。

「我們是西安最好的老棋手，先前去過內蒙參加勁松杯，下次去上海參加塘橋杯，到時來杭州，四代同堂吃飯，四代同堂下棋。」周老先生笑說。

「爹，你們比我更活躍，反而我比你更像老伯。」余意說。

「這些都是中老年人的比賽，不少棋友參加的。有些下棋數十年，現在才拿到冠軍。有個年過九十的同志

贏了，厲害，厲害。」周老先生説，大家笑起來。

「一羣老頑童。」周老太笑説。

飯後，周老先生拿出手機給佳晴看，問她：「你到過聶衞平圍棋道場嗎？」

「雖然知道聶老是中國著名職業棋手和教練，但我沒有去過他的道場。」佳晴搖搖頭説。

「待會兒太公帶你去。」周老先生笑説：「你知道嗎？西安是文化歷史悠久的古都。」

「知道，爺爺説過許多遍。」佳晴答。

「圍棋是傳承三千年的文化瑰寶。」周老先生説。

「不是五千年嗎？」余意問。

「差不多。」周老先生吃吃地笑。

佳晴心想，相差二千年都算差不多？下棋的時候，爺爺常説「差之毫釐，謬之千里」呢！

「嗯，差不多。」余意笑説：「相傳帝堯創造圍棋，用來教兒子丹朱。神話歷史，難以計算年期。」

「西安越來越多圍棋道場，我們的圍棋隊都會越來越好，我們幾個隊友的年齡加起來都過千歲。」周老先

生説。

大家笑起來，沒有人提出起碼十個隊友加起來才有一千歲。

「爺爺，我們會去聶道嗎？」佳晴問。

「時間不足，我們要盡快回去棋社，以免你爸爸太辛苦。」余意説。

「那我們會去哪些地方？」

「我們會去看兵馬俑、華清池和長安城等等，一日趕不及就分兩日去。」周苓説。

「西安即是長安嗎？」佳晴問。

「西安很大，秦朝的咸陽在西安境內，所以，我們會見到兵馬俑。唐朝的長安也在西安之內，現在仍有不少唐詩寫過的地方，事實是西安並非長安，西安比古時的長安大得多。」余意説。

「你們帶佳晴去玩吧，」周老先生説：「租一日車的話，也許可以到聶道看看，我最佩服的棋手就是聶老和吳清源。」

「英雄所見略同，我最佩服的也是這兩位棋手。」

余意説。

「現在的娃兒太脆弱，怎及以前的棋手堅強？」周老先生説。

「時代不同，很難比較的。」余意説。

「你看看，柯潔跟日本冠軍井山裕太對弈前説要對方血濺五步，你看網民反應多大。」周老先生拿出手機邊看邊説，長者的手機保持最大的字體，佳晴看見覺得有趣，卻見太公動氣説：「吳清源贏遍日本高手都不會説這種話！」

「爹，你真是老當益壯，還可以這樣罵人。不過，先別動氣，柯潔是年少氣盛，説話過頭而已。」余意笑着説。

「吳清源跟八個日本高手對弈，依然勝出，他不會説那種話。」周老先生再説。

「太公，他可能會説，只不過那時候沒有網上流傳。」佳晴説。

「佳晴，大人説話，你不用多説。」周苓説。

「我怕太公罵人罵得太激動，激動就會吐血，血濺

42

地板啊。」佳晴笑説。

　　四老被她逗得笑起來，周老先生笑説：「太公不生氣了。」

　　佳晴説：「我有許多朋友喜歡柯潔哥哥。」

　　「幹嗎喜歡他？」余意問。

　　「他在微博寫得好笑，接受訪問時説話風趣，」佳晴説：「大家都想知他能否贏阿法狗。」

　　「時代真是不同，孩子的想法跟我們不一樣。現在的孩子跟AI下棋，可以在家練習，前來棋社的人都少了。」余意説。

　　「連李世石也敗給阿法狗，柯潔不可能贏。」周老先生説。

　　「爹，吳清源可以贏阿法狗嗎？」周苓笑問。

　　「當然可以。」周老先生説。

　　「也許，他可以跟八部電腦一起下棋。」周苓刻意説，逗得周老先生大笑起來。

　　周老太説：「別讓老頭兒笑得太過，傷身呀。」

　　「為什麼？」佳晴問。

「老頭兒要保持心平氣和。」周老太笑說,想了想,還是忍不住跟老伴開玩笑說:「你太公做夢的時候,一樣可以一個對八個高手。」

「沒那麼誇張。」周老先生笑說。

大家都笑起來,這是周老先生最開心的壽宴,幾代人在家裏吃飯,飯後聊天,快活過神仙。

佳晴跟祖父母遊西安,覺得所有事物都新奇有趣,旅程愉快。即使她是首次跟太公和太婆見面,由於在手機已曾見面閒聊,只覺兩人親切,相處愉快。

農村的環境跟城市不一樣,佳晴在自己的房間依然睡得香甜。

第二天,余意租車跟妻子和孫女遊鐘鼓樓、城牆和大雁塔等,還走上位於高處的飯店吃午飯。余意坐在窗邊眺望遠處,說:「長安古城就像一個棋盤,東南西北都可方便走。」

周苓笑說:「現在的西安城已經不像棋盤了。」

「日本人模仿長安城建設京都,京都仍像棋盤,可惜,我從來未去過日本。」余意說。

「爺爺，待我長大後，我們一起到日本去看看。」
佳晴説。

「好啊，我們可以去看吳清源走過的地方。」

「爺爺和太公都佩服吳清源，他會贏阿法狗嗎？」
佳晴問。

余意笑起來，説：「吳清源喜以古風開局，阿法狗
未必學過。」

周苓説：「要看是哪個年齡的吳清源。十九歲的
時候，他挑戰日本圍棋四大家族之首的本因坊秀哉，轟
動日本。他以三三、星、天元開局，下的棋都是反傳統
的。由於秀哉可以隨時暫停，這局棋下了三個月。」

「三個月？」佳晴説：「不可能啊。」

「每步棋都要思考良久，的確要三個月。現在下圍
棋要計時，當然不可以。」余意稍稍停頓，想了想説：
「如果吳清源走進小説，説不定可以破解珍瓏。」

佳晴笑起來，周苓問：「什麼珍瓏？」

余意眨眨眼説：「這是我們兩爺孫的秘密。」

周苓笑説：「你們有秘密就秘密啦，可不要告訴

我。總之，吳清源是世紀棋王。」

「他真是了不起，他在十五年間跟十名日本高手下棋，全部勝出，將頂尖高手打到降級。日本人最排外，但對他還是佩服的，還封他為昭和棋聖。」余意的語氣有說不出的崇拜意味。

「現在的令和棋聖仲邑菫跟我差不多年紀啊。」佳晴說：「爺爺，我想入段，我想參加職業賽。」

周苓面色一變，轉話題問：「餃子好吃嗎？這間店的餃子很出名。」

余意說：「讀書要緊，專心讀書。」

佳晴知道結果就是這樣，沒有再追問。

爺孫兩代人在這天玩得盡興，余意回家時，在計程車車廂望出窗外，有兩句詩在他的腦海浮現，隨即問旁邊的佳晴：「你可聽過這兩句，黑白玄妙無盡，一方天地縱橫？」

「沒有。」

「可知道形容什麼？」

「圍棋。」佳晴說。

「真是聰明，你怎樣想到？」周苓誇讚孫女説。

「爺爺滿腦子都是圍棋，一聽這兩句就知道在説圍棋了。」

「古時稱圍棋為弈，應該是現存最古老、最高深的智力博弈遊戲。日本人説源自日本，韓國人又説源自韓國，那是不可能的，圍棋是博大精深的中華文化。」

「爺爺，你日日跟棋社的人這樣説，我早已懂得背誦出來。」

「沒有日日説，偶爾説説而已。不過，你喜歡圍棋真好。」余意説，看見四代人都喜歡圍棋，讓他老懷安慰。

「為什麼不讓我做職業棋手？」佳晴説：「我還是業餘啊。」

車廂一下子靜默起來，大家望見車子駛向市郊，沒有説話。佳晴不明白大人為何有這樣的堅持，就是不許她入段。

到達後，周老先生已經回房睡覺，周老太説：「吃飯沒有？我煮餃子給你們吃。」

「我們吃過餃子了。」周苓說：「早點休息吧。」

「難得你們來到，我不捨得去睡。」周老太說。

「太公這麼早睡啊？現在才七時許。」佳晴說。

「老頭兒太高興，昨晚有你們陪他吃飯，又吃壽麵，遲了睡覺，所以今日特別累，人老就是這樣。」周老太說。

「太公不老，他還在參加圍棋比賽。」佳晴說。

「老頭兒說明天有圍棋直播，你們晚上回來可以看重播。」

「一定看比賽的，」余意說：「明天帶佳晴去看兵馬俑，說不定可以趕及回來吃午飯看直播，不用看重播。」

「明日是什麼比賽？」佳晴問。

「你忘記了嗎？明天是柯潔對阿法狗，柯潔參加的出場費有三十萬美元。」余意說。

「別跟小孩說錢。」周苓輕罵余意。

「哇，那麼多錢，老頭兒還要自己花錢參加比賽呢！」周老太說。

「爹參加的是退休同志賽事，當然要自費。柯潔是世界第一棋手，給他出場費當是宣傳。」周苓説。

「我連一美元都沒見過。」周老太説。

「太婆，我下次帶一美元給你。棋社有外國人來的，他們會給我一美元小費。」佳晴説。

「外國人懂圍棋嗎？」周老太問。

「有些外國人喜歡圍棋的，日本人稱為碁，英文是Go。」余意説。

「第一個跟阿法狗對弈的是移民到法國的樊麾二段，他六歲的時候是在西安學圍棋的。」

「奶奶，你認識他嗎？」

「怎會認識？他六歲的時候，奶奶已經在杭州的棋社幫忙了。」周苓説。

「他在許多歐洲圍棋賽勝出，不過，兩年前跟阿法狗比賽就連輸五局。」

「太婆，你可見過他？」佳晴問。

周老太笑起來説：「西安滿街娃兒，即使碰過他也不知道。」

「阿法狗憑自我學習多兩年，一定更厲害了。」周苓説。

「柯潔哥哥會贏嗎？」佳晴問。

「勝算極低。阿法狗去年打敗李世石之後，不斷改進，在網絡化名對戰快棋六十連勝，其中三局是勝柯潔的。」余意説。

「看來柯潔會輸。」周苓説，「他跟李世石比賽前表示李世石的傳奇是時候落幕了，現在到他的傳奇落幕，這句送給他自己倒適合。」

「不，柯潔哥哥會勝出的。」佳晴説。

「好吧，我們早點回房休息。明天清晨出發，早點回來看他比賽，説不定可以趕及看直播，遲回家就看重播。」余意説：「我們快點梳洗睡覺。」

第二天，佳晴以為她最早起，沒料到早起來的還是周老太。她已經準備了包點早餐，周老先生正在喝茶，齊人後，大家一邊吃早點一邊閒聊，話題又回到當天的圍棋比賽，余意説：「我們還是趕快出門，早點回家一起看直播比賽。」

來到兵馬俑場地，雖然是最早進場的，但依然有大批遊人，跟當年沒多少人參觀完全是兩回事。

余意跟妻子手拖手進場，彷彿回到數十年前。那時候青春飛揚，對未來充滿信心，余意期望在圍棋歷史留下自己的名字。

佳晴有時緊握爺爺的手，有時走到另一邊拖住奶奶的手，看見宏偉壯觀的兵馬俑，讚歎不已。

三人就這樣一起細看秦代古跡，余意和周芩懷緬過去的美麗日子，佳晴憧憬璀璨未來。

午飯吃陝西菜，周芩要肉夾饃、涼皮、粉湯羊血、餃子、灌湯包、糊辣湯和臊子麵，還有甜點水晶餅，全是周芩從小愛吃的家鄉食物。

三人吃得高高興興，佳晴最愛水晶餅，然後，周芩請服務生將餘下的食物放好，拿回家看比賽時再吃。

周芩回到家裏，用鎖匙開門，看見客廳沒有人，知道父母正在午睡。余意先將手機的網上直播畫面轉到電視去，好讓大家看電視的大屏幕。

在杭州老家，余意是最老的老頭子，但來到西安周

家，他在兩老面前就變成小伙子似的，讓他在西安的心情格外愉快。

「來到西安，總是覺得自己年輕多了。」余意説。

「人人的心情和觀感都會因應環境不同而轉變。」周苓説。

「你們看，柯潔都變了，開始明白阿法狗已經進化，再沒信心取勝，跟以前的輕狂笑語不同。」

比賽前，柯潔在直播裏態度認真地説：「這次能代表人類出戰是我的榮幸，我將盡全力爭勝，一決勝負，抱有必勝的信念和必死的決心，不輕易言敗。」

全世界的圍棋迷同時從媒體看見謙虛陌生的柯潔，有些人喜歡他説謙遜話，也有些人覺得他失卻平日的鋭氣和鋒芒。

「小柯説話好多了。」周苓説。她對他多了點好感，連稱謂都變得親切起來。

余意掃掃手機，説：「才怪，你看他在微博寫的，無論輸贏，這都將是我與人工智能最後的三盤對局，可它始終都是冷冰冰的機器，與人類相比，我感覺不到它

對圍棋的熱情和熱愛。對它而言⋯⋯它的熱情——也只不過是運轉速度過快導致CPU發熱罷了。」

「年少輕狂。」周芩搖搖頭說。

周老先生不知哪時走出客廳，搭腔道：「聶老說柯潔能贏一盤就要燒香了。」

周芩笑說：「爹，個個都這樣說。著名棋手古力也說過，在三番戰中能贏一盤的可能性只有百分之十。」

「人易犯錯，阿法狗極難犯錯。」余意說：「柯潔還寫，我會用我所有的熱情去與它做最後的對決，不管面對再強大的對手——我也絕不會後退！至少這⋯⋯最後一次⋯⋯」

「爺爺是他的微博粉絲嗎？」佳晴問。

「爺爺『粉』很多人呢！」余意笑說。

這時候，周老太從午睡醒過來，略為梳洗，走出客廳，難得看見客廳如此熱鬧，當然要一起看直播。剛巧看見柯潔抽到黑子先下，雙方下了幾手。余意看得出柯潔曾經研究阿法狗的弈棋方法，模仿對方思路，以彼之道，還之彼身。

　　柯潔第七手下在右下三三，佳晴想起奶奶説吳清源的破格開局。

　　「許多人説阿法狗用這招在網絡贏足六十盤，小柯正以其人之道還治其人之身。」余意説。

　　「不是其人呀，它是計算機。」佳晴説，逗得大家笑起來。有些人稱CPU為電腦，不過，佳晴從小聽到的名稱是計算機。

　　「對，以其計算機之道還治其計算機之計算，計算機沒有真身。」余意笑説。

　　雙方落子往來漸趨緊湊，大家看見AlphaGo下到第五十四手，開始扭轉全局，由守轉攻，最終白子一百七十七子，險勝四分之一子。

　　柯潔看來是説不出的沮喪，周老先生説：「小伙子要受點挫折。」

　　「對，要挫他的鋭氣。」余意説。

　　「人和計算機無得比的，」周苓説：「跑得最快的人都不會跟汽車賽跑呀。」

　　「爺爺，我們要回到杭州才可以看第二局嗎？」佳

晴問。

「對，第二局在後天舉行，我們已經回家了。」余意說。

「多住幾天啊，」周老太說：「你們可以陪陪老頭兒下棋。」

「棋社有許多工作，」余意說：「我們要回去了，佳晴明年放暑假的時候，我們再來。」

「你都回去嗎？」周老先生望向周苓問。

周苓環顧父母、丈夫和孫女，思想掙扎好一會兒，說：「爹，我可以改機票回程日，多留幾天，跟你們一起看餘下的兩場賽事。」

周老先生笑得一臉皺紋，說：「好，他們休戰的時候，我們多下幾盤棋。」

「我去煮飯。」周老太開心說。

這天的晚餐比周老先生的壽宴還豐富，有八寶鴨、餃子蛋花湯、烤羊肉和青菜，有些是周老太要求鄰居幫忙煮的，加上帶回來的西安小食，有幾碟菜吃不完要放入冰箱。

余意想起第一次來吃飯的光景，幾十年間，由物資匱乏到充裕，大家的生活水平都提高了。然而，余意始終覺得上天跟他開玩笑，年輕時胃口好，可以吃許多東西，但食物少得可憐。現在年紀大要少吃多餐，不能吃得太飽，美食卻層出不窮。

「好吃嗎？」周老太問佳晴。

「非常美味，太婆，你煮的飯菜最美味。」佳晴稱讚說。

「以後多來吃飯呀。」周老先生和周老太近乎同步說。

「好啊，太公太婆。」

佳晴回家後，跟爺爺和爸爸一起看柯潔跟阿法狗餘下的兩盤棋，想到奶奶跟太公太婆一起看同樣的比賽，感覺十分奇妙。

周苓的生日在除夕之前，十二月三十日，一家人在家裏吃飯，飯後，余意拿出禮物送給她。

佳晴看見奶奶打開禮物盒的時候，臉上鍍上一層金光似的，佳晴走近細看，只見是古董圍棋和棋盤。棋

社有許多圍棋，有些讓客人下棋，有些是出售的，還有一些是棋社收藏的非賣品。佳晴從小見過太多棋盤和棋子，並不喜歡收到圍棋禮物。

周苓記得余意送她圍棋和棋盤作聘禮，她將圍棋留在西安老家，讓她的老爹成為老同志高手。沒料到相隔多年，老伴再送她古董圍棋和棋盤。

她的高興並不在於圍棋價值，而在於他的心意。

「古董呀，好貴的。」余智瞪大雙眼說：「老爸真捨得花錢。」

「在舊區小店買的，價錢可以接受。」余意笑說。

「可以拿出棋社擺放。」周苓說。

「不是擺放，是你專用的，以後，跟你下棋的棋友都可以用你的專用圍棋。」余意說。

周苓心裏高興，臉上卻帶點不悅說：「別家妻子收金銀珠寶，我就只有圍棋。」

「媽，你沒有留意圍棋外交嗎？」余智說：「你在老爸心目中是最高尚的，沒多少人可以收圍棋做聘禮和生日禮物。」

「這就是了，」余意說：「你們知道嗎？主席要送禮給韓國總統時，你們知道他送什麼？」

「不知道，不過，爺爺這樣問的話，答案一定是圍棋。」佳晴說。

余智以欣賞的眼神望向女兒，對佳晴的聰慧感到安慰。

余意笑說：「主席送圍棋盤和玉石棋子給韓國總統，可見這樣的禮物是珍貴的，中韓兩國都有許多圍棋高手。」

「韓國總統是業餘四段，棋力不差。」余智說。

「韓國棋手更加不容輕視。」余意說。

「韓劇《未生》這個名字其實是韓國的圍棋術語。『未生』是尚未做活，『完生』是淨活，『相生』是雙活。」余智說：「人與人、國與國之間，講的都是由未生到完生，然後超越完生到相生。」

「我不明白，未生、完生和相生是什麼意思？」佳晴問。

「長大後，你自然明白。」余智說：「你只要明白

人與人之間不一定競爭，大家可以和平共處，相親相愛的。」

「爺爺送奶奶圍棋，就是由未生到完生然後相生嗎？」佳晴問。

「我們一家人相親相愛，快快樂樂生活就是。」周苓笑說。

第三章　洛陽：I am because we are

讀幼兒園的時候，佳晴看見同學有媽媽接送上學和放學，好像全世界只有她沒有媽媽。

周苓一直照顧佳晴，起初帶她上學和接放學，有些老師和同學誤會她是佳晴的媽媽，大家以為佳晴的母親年紀比較大，或是年紀不大只是憔悴顯老。

每次聽人說她是佳晴的媽媽，周苓都會笑說：「我是她的奶奶，浙江人都稱祖母做奶奶。」

這樣說來，好像解釋奶奶這個稱謂，而非指人將奶奶說錯為媽媽，避免對方感到尷尬。

周苓就是這樣善解人意，有這樣可愛的祖母，讓佳晴健康愉快成長，沒有因為母親早逝而傷感。

其實家裏有許多照片和錄像讓她看見媽媽的模樣，然而，無論怎樣看，依然感到媽媽像個少女，不像帶孩子的母親。

　　佳晴的想法跟余智一樣，在余智心目中，妻子永遠是盛放的牡丹。雖然在杭州出世和長大，不過，余智最愛的地方是洛陽，因為，他在洛陽跟網上棋友「月暗星稀」見面，從此改變一生。

　　事隔多年，妻子的父母提出想見外孫女，加上洛陽白雲山杯是圍棋界盛事，余智帶同女兒到洛陽去。

　　佳晴首次踏足洛陽，甚至是第一次見外祖父母，心情難免有點緊張。

　　「爸爸，我的馬尾束好了沒有？絲帶的蝴蝶結可好看？」佳晴在火車問。

　　「佳晴最漂亮了，他們一定喜歡佳晴的。」余智用手輕輕將女兒的頭髮再束好，微笑說。

　　佳晴笑起來問：「外公和外婆為什麼不住在我們附近？」

　　「佳晴忘記了嗎？」余智說：「因為他們是洛陽人，喜歡住在洛陽。洛陽人分別稱外祖父和外祖母為外爺和婆婆兒，你別忘記。」

　　「我真是忘記了，外公是外爺，外婆是婆婆兒。」

「記住就是。」

「要是我忘記了，稱他們外公和外婆，他們會不高興嗎？」

「不會，」余智説：「不過，以當地稱謂會讓大家感到更親近。」

「洛陽漂亮嗎？」

「漂亮極了，那是媽媽的故鄉。」

「比杭州漂亮嗎？」

「各有各漂亮。」余智打開手機看資料，跟女兒簡單介紹：「洛陽是十三個朝代的古都，包括夏、商、西周、東周、東漢、曹魏、西晉、北魏、隋、唐代武周、後梁、後唐和後晉。而且，洛陽是中國古都中建都最早、成為國都的年月最長、最多朝代在這兒建都的，這是最著名的古代都城。」

「媽媽在古都出世？」

「對。」余智望出火車窗外，玻璃窗有他的倒影，他彷彿看見首次到洛陽的自己。

「爸爸和媽媽是怎樣認識的？」

「沒有告訴過你嗎？」

佳晴望向爸爸搖頭，余智說：「我們在網絡下棋時認識的。起初只是下棋，後來在覆盤的時候閒聊，閒聊多了，大家感到投緣，然後，我去洛陽找她。」

「不危險嗎？」佳晴說：「老師說不能隨便跟網友見面，網友可能是壞人。」

「我們一起下棋兩三年了，那時候，我已經十八歲，不是小學生。」

「十八歲都會碰到壞人呀。」

「你沒聽清楚嗎？」余智沒好氣說：「我們下棋超過兩年，你的媽媽棋品一流，能夠下棋出色又有棋品的，不可能是壞人。」

「難道全世界的壞人都不會下棋嗎？」佳晴不服氣地問。

「壞人有壞人的品格，即使壞人懂得下棋，壞人都不會有棋品，壞人不會尊重對手，不會謙和禮讓。」余智說：「大家未見面之前，我不知棋友是男是女，只知棋友的網名是月暗星稀。」

「月暗星稀，太黑暗了。」佳晴說。

「網名而已，不用太認真。跟這樣的對手對弈多時，我漸漸想跟這樣的人做一輩子朋友。」

「媽媽的名字比月暗星稀好聽多了。」

「你外爺說，清芳出世時就像清麗無比的牡丹，得到婆婆兒同意後，給她這個名字，既接近花香，又不太濃豔。」

「為什麼我叫做佳晴？」

「清芳說，你出世的笑臉像大晴天，她希望你有美好的人生，所以給你取名佳晴。」

「我像媽媽一樣漂亮嗎？」

「你的臉龐就像太陽那樣又大又闊又圓。」余智刻意說反話戲弄佳晴，看見她生氣的表情，忍不住笑起來。

「我長得像爸爸才會大扁臉。」佳晴反駁道，隨後問：「名字好就會人生好嗎？」

「不是，那是父母的期望。有時名字太好，往往事與願違。」

「外爺和婆婆兒的名字怎樣讀？」

「外爺名為季平，圍棋五段高手，婆婆兒的姓名是楊菲，她不下圍棋的。」

「媽媽是季清芳，花的名字。」

余智微笑不語，轉頭望出窗外，以免女兒看見他的淚水在眼眶打轉。

季清芳是漂亮的名字，無奈花季短暫，朝花夕拾。

他們在火車站乘車到達季家，佳晴看見沿途跟杭州和西安不一樣。太公太婆住在農村大屋，外爺的家是座落市郊的房子，看起來富貴得多。

落車後，佳晴被清幽的環境吸引，看見屋前有小花園，栽種不同顏色的牡丹，層層怒放的牡丹有說不出的雍容華貴。佳晴快步走到花園，蹲下來細看牡丹。

「佳晴，我們要進屋了。」按鈴後，楊菲隨即開門，余智連忙喊喚女兒前來。

佳晴看見年紀不老的楊菲站在門外，余智提她：「喊婆婆兒。」

「婆婆兒？她是漂亮姨姨啊。」佳晴說。

楊菲看見粉雕玉砌的佳晴，恍如再見童年的清芳，心頭一熱，眼淚驀然湧上來，無法制止地流淚。

　　佳晴上前抱住她，說：「婆婆兒別哭，爸爸說我稱你為婆婆兒，你會高興的。」

　　楊菲右手拿手帕抹掉眼淚，左手緊握佳晴的小手，跟他們一起走入室內。

　　季平在客廳看見佳晴走近，同樣激動，她長得跟清芳一模一樣，但比清芳健康活潑，清芳從來沒有這樣跑跑跳跳。

　　「季先生，季太太。」余智像普通朋友似的跟他們打招呼。

　　季平的表情轉回冷淡，聲音像寒冰似的漫應一聲：「唔。」

　　佳晴感到氣氛異樣，連忙躲在爸爸身後。余智微微一笑，說：「你們好。」

　　「佳晴跟我來。」楊菲朝外孫女說。佳晴望向爸爸，余智點點頭，佳晴伸手握住楊菲的手，楊菲感到說不出的溫暖。

楊菲將佳晴帶到清芳的房間，佳晴忍不住喊出來：「哇，好漂亮呀。」

「你喜歡住多久都可以。」楊菲說：「你喜歡搬過來跟我們一起生活都可以。」

佳晴一怔，楊菲自覺說多了，輕輕道：「這是清芳的房間，你隨意用房裏的東西，就像自己的房間。你先休息一會，待會兒會喊你出來吃晚飯。」

「好啊。」佳晴走上小沙發說。

楊菲離開後，佳晴在房間四處看，房間裏的一切全是她喜歡的。當她看見相架有媽媽的童年照片，尤其驚訝，照片中的媽媽就是跟她一模一樣的女孩。不過，媽媽只有半身照片，沒有全身照片的。

余智在客房安頓下來，想起當日在北京道場習棋，每日跟人下棋，無論線上還是線下，他最喜歡的對手仍是月暗星稀。下棋以外，他們在網上閒聊，余智的網名是大智若愚，他一直以為月暗星稀是男生。

余智曾經苦惱了一段日子，那是他踏入棋藝的平原期，好像無論怎樣努力都無法進步，看再多書、下再多

棋仍是一樣，就像看見別人都進步往上走，只有他走在平地，沒有退步向下，也不能進步向上。

處於平原期的余智感到壓力大得無法支撐，只想放棄圍棋，但又捨不得。每次下棋後，在覆盤時都跟月暗星稀訴苦。

當余智表示會跟隊友來洛陽比賽時，月暗星稀主動提出在洛陽見面。

第一次來到洛陽時，余智一直忙於備賽和比賽。跟隊友參加比賽後，雖然輸掉，但想起可以跟月暗星稀見面，心裏不大難受，只管趕去月暗星稀指定的圍棋咖啡店會面。

余智在手機收到月暗星稀的照片，那是咖啡店的位置和座位，並非自拍照，只是讓他知道坐在哪兒。幸好如此，要不然，余智找遍全間餐廳都不會找到她，因為他沒有想過網友是個少女。即使看見她坐在照片顯示的座位，余智還是有點猶豫，跟網友見面總怕遇上騙徒，更怕被人捉弄，不過，既然來到，只好戰戰兢兢走上前問：「你是月暗星稀嗎？」

女孩笑起來，余智心想果然被人作弄，就任人取笑好了。

女孩笑問：「你是大智若愚？」

余智一怔，隨即點頭坐下來，大家沒有多說話，各自要飲品後，隨即下棋。

無論在網絡下棋多少遍，面對面下棋的感覺是不同的，還有，在咖啡店下棋伴隨咖啡清香，更可以中途呷咖啡和吃糕點。

對弈兩小時左右，余智勝出，覆盤時問：「你的棋力有職業水平，為何不入段？」

女孩微微一笑，說：「明天再來下棋好嗎？」

「好。」余智說：「我是余智，你呢？」

「季清芳。」

「好漂亮的名字，跟你相襯。」

「月暗星稀才是我。」

余智不知如何回應，說：「一起吃晚餐可好？你給我介紹這兒的好菜館吧。」

「附近的燙麵餃、不翻湯和牡丹酥都美味，不過，

我要回家吃飯了，明天下午二時，我們約在這兒再下棋吧。」

「嗯。」余智非常失望，只好點頭附和。

「陪我打車好嗎？」

「當然好。」余智說。

季清芳先在椅子下拿出拐杖，然後站起來，余智這才看見她的長裙下只有右腳，暗暗吃驚，即使努力讓自己維持表情不變，事實是表情早已轉變。

季清芳習慣面對別人驚訝的表情，帶笑說：「骨癌，早已截肢。」

「嗯。」余智不知如何回應，伸出手說：「我扶你。」

「不用，我可以自己走出去的，但不想站立太久，你可以先出去截車嗎？」

「可以。」余智隨即跑出去，很快截到計程車，跟司機說：「請稍等。」

余智想回去扶清芳出來時，已見她走近，用拐杖的步速比他想像的快，他協助清芳上計程車，放好拐杖在

她的身旁，然後，上車坐在計程車前座。

「我自己回家就成了。」

「我想跟你多聊一會。」

清芳沒有堅持，跟司機說了地址。這是余智首次來到季宅。

余智聽到清芳對手機說：「我現在回家，多個朋友一起吃飯好嗎？」

他希望手機另一端的人說好，卻見清芳回應一聲就掛線，不知道答案。

「你說人生陷入低潮，看見我，是否覺得自己幸福？」清芳問。

余智福至心靈道：「遇見你就是我的幸福。」

清芳笑起來，說：「以前聽過一個故事，有人抱怨沒有新鞋子，看見有人赤腳，才知自己幸福。赤腳的人抱怨從來沒有穿過鞋子，看見有人沒有雙腳，才知道自己幸福……」

「不是這樣的。」余智說：「我不知道怎樣解釋，但不是這樣的。」

「當你抱怨的時候，不妨想想，有些人渴望得到你抱怨的東西，你自然感到幸福。」

余智為免講多錯多，沒有多說。

到達後，余智先下車開車門，只見季清芳熟練地自己下車，朝他說：「明天見。」

余智這才知道剛才那通電話的答案是不要多一個人吃飯，非常失望。看見季家大宅，知道網友家境富裕，他反而像網上騙徒，難怪季清芳的家人提防他。

余智目送清芳回家後，知道大宅裏有人望出來看見他的，訕訕然返回計程車，跟司機說出旅館地址，獨個兒回去。

第二天，余智提早到達圍棋咖啡店，沒料到季清芳更早，她早已坐在那兒。

大家先點飲品，余智要咖啡，清芳飲珍珠奶茶，沉默一會，余智說：「我想了一整晚，終於明白你約我見面的意思。」

「明白就好。」

「不過，我並不認同你的看法。」余智認真說：

「不開心的時候，不會因為看見別人不幸而開心的。當我看見你，我寧願患骨癌的是我，我寧願截肢的是我。」

清芳望向余智說：「你別誇張，我們第二次見面，你說這樣的話實在太誇張。」

「看見別人受苦，我怎會開心呢？」余智問：「你可聽過Ubuntu？U—B—U—N—T—U。」

清芳搖搖頭，余智繼續說：「有個住在廣州的非洲網友跟我說的，他由非洲前來學習中文，但沒有忘記故鄉的傳統。他說，他們有Ubuntu文化，意思是I am because we are。」

「不明白。」清芳說。

「網友說，曾有人類學家在非洲做實驗，他在樹下放一籃糖，跟一百米外的孩子說，最先到達大樹的孩子就可以得到一籃糖。」

「跑得快的好處真多，可惜我從來不知怎樣跑。」清芳帶點傷感說。

「你知道那班小孩怎樣做嗎？」

清芳流露還用問的表情，理所當然地說：「不就是鬥快跑嗎？」

「不是，他們手拖手一起跑到樹下，沒有人快，也沒有人慢，然後，大家將一籃糖公平分配。」

清芳愕然問：「不合遊戲規則呀。」

「Ubuntu文化就是我們是一起的，知道別人痛苦的時候，自己不可能快樂。」

「當自己感到痛苦的時候，看見別人比自己更痛苦，可以減輕自己的痛苦。」清芳堅持自己的想法。

「不會，因為有我們才有我，我的存在就是大家的存在。」

清芳不置可否，說：「我們開始下棋吧。」

猜棋是余智黑子先行，清芳隨後放下白子，開局如常，但清芳很快看見余智沒有好好發揮，不時出錯。

余智為了讓清芳開心，比平日更用心力下棋，因為保持稍稍輸棋比全力贏棋更難，最終余智輸一目，清芳勝出。

他以為清芳贏了棋會開心得笑靨如花，沒料到她竟

面色大變，先是憤怒，繼而難過，眼淚不受控制似的流下來。

余智連忙給她手帕，說：「對不起，對不起，我惹你生氣嗎？」

附近的人看過來，侍應走近問：「要幫忙嗎？」

清芳搖搖頭，侍應隨即離開。這裏每日都有一兩個棋友因輸棋而哭泣，其他人知道沒事，便各自如常活動。人人以為清芳輸棋哭泣，沒有人想過，清芳因為勝出而流淚。

「別哭，別哭，我做錯什麼嗎？」余智急道：「你說出來呀。」

「你知道嗎？我並非要贏棋，我要公平呀。」

「你贏了，好公平呀。」余智說。

「你是刻意輸的，」清芳生氣道：「你沒有盡全力下棋，你這是侮辱對手。你再說謊，我以後不跟你做朋友。」

余智沉默下來，兩人靜默良久，清芳抹乾眼淚，打算離開。

「我是失誤……」余智原本想繼續説謊，看見清芳難過的神情，認真説：「對不起，我是刻意的，不敢輸太多，又不敢贏，所以，這是我有生以來最難下的一盤棋。我已經盡力，我沒有侮辱對手呀。」

「你以為我看不出你剛才刻意輸棋，就是雙重看扁我。」

「我從來沒有想過侮辱對手，我只是想你贏棋開心而已。」余智誠懇地説。

「我的世界跟你的不一樣，」清芳説：「小時候，父母三天兩日抱我往醫院跑，我很少上學，漸漸也不能上學。」

余智想起小時候不喜歡上學，那刻感到可以上學並非必然的，事實是可以上學是幸運的。

「父母給我聘請補習老師，每個人都待我很好，因為，沒有人把我視為正常的孩子。」

「你想多了，我的父母待我都很好，許多父母待孩子如珠如寶，難道他們都視孩子不正常嗎？」余智説：「你太敏感，想多了。」

「不，我是不正常的。爹爹教我下棋的時候，不時假裝輸給我，我要假裝高興，其實我一點也不高興。所以，我不喜歡跟爹爹下棋。」

「因此，你轉到網絡下棋。」

「嗯，只有在網絡，月暗星稀才是正常人。棋友都想贏，沒有人因為可憐我而假裝輸給我。」

「我沒有可憐你，我想你開心而已。」

「你是可憐我，你知道我多麼努力學習圍棋嗎？」清芳低聲說：「只有在圍棋比賽，我才是正常的，比賽是公平的，贏輸都是我應得的，我不要人可憐。」

「我並非可憐你，」余智生怕四周的人誤會，開始着急起來，緊張地壓低聲音說：「我想你開心，因為我喜歡你。」

四周靜默下來似的，明明是人來人往的咖啡店，但余智和清芳感到只有他們，余智彷彿聽得到自己的心跳聲，心跳不斷加快地卜卜卜卜，他只好深深呼吸，說：「我第一眼看見你就喜歡你。」

「我沒有左腳的。」季清芳說。

「我知道，我們可以二人三足。就像走去樹下拿糖的孩子一樣，我們一起走，一起到達大樹下，然後，將籃子裏的糖對分。」余智説。

清芳像吃了一籃子糖似的甜蜜，沉默一會，説：「我患病後，看過許多醫生，花了一段時間，才有醫生確診是骨癌。起初小腿截肢，沒料到還留有芝麻大小的癌細胞，醫生説有機會要再做截肢手術，然後，癌症復發，連大腿都差不多沒有，我不知道可會再復發，説不定，我很快死的。」

「你不會死，你來杭州，讓我照顧你。」余智不知從哪裏來的勇氣説。

清芳笑起來，説：「爹爹不會答應的，他説網絡多壞人。」

「我像壞人嗎？」

「不像，壞人是壞人，不必像壞人，你多大？」

余智答：「十八，你呢？」

「十六。」清芳説：「假如兩年後，你依然想説同一番話，還是跟我下棋，你再來洛陽好了。」

「好，好，好……」

叩門聲讓余智從記憶最深的一日返回現實，沒料到相隔超過十年，他才再到洛陽。

門外再有叩門聲，然後響起楊菲的聲音在門外說：「吃晚飯了。」

余智到達飯廳時，看見佳晴已經坐在那兒跟季平閒聊。從神情來看，他們都喜歡佳晴，整天逗她說話，這是好現象。

桌子上有清芳曾介紹的燙麵餃和家常小菜，佳晴吃得開心，季氏夫婦看見佳晴大快朵頤更開心，沒有人理會余智似的。

「我們明天打算帶佳晴去看龍門石窟。」季平說。

「好的，我去探望朋友，有個隊友會參加今年的白雲杯。」

「今年應是范廷鈺和連笑之爭。」季平一改冷淡，跟他聊起圍棋。

「對，不過，柯潔的實力也不容忽視。」

「他的棋不夠沉穩。」

「對。」余智沒有説下去。

「你們別説圍棋了。」楊菲説。

「婆婆兒，為什麼不説圍棋？」佳晴問。

余智隨即説：「佳晴，專心吃飯。」

楊菲臉孔鐵青説：「我一直反對清芳學圍棋，如果她沒有學棋，就不會認識網絡騙子，説不定仍在快樂無憂生活。」

大家不再説話，包括佳晴，連年紀小小的佳晴都感覺到氣氛不對勁。她從來沒有想過，在外爺和婆婆兒眼中，爸爸竟然是網絡騙子。

第二天，季平夫婦跟佳晴去龍門石窟遊覽，季平像導遊似的問外孫女説：「你知道雲岡石窟嗎？」

「不知道。」

「雲岡石窟是北魏時期在北方大同開鑿的，北魏後來遷都洛陽，開始開鑿龍門石窟，加上敦煌石窟，就是全國的三大石窟。」

似乎佳晴對石窟興趣不大，季平問：「你想去什麼地方？」

「我想去圍棋博物館。」佳晴說。

楊菲生氣道：「我們去看電影。」

季平隨即說：「好呀，去看電影。」

「我可以回杭州才看電影，但只有這兒才有圍棋博物館。」佳晴說。

楊菲想拒絕，但見佳晴跟清芳一樣的堅決神情，歎一口氣，說：「我去看電影，不理你們。」

季平見妻子生氣離去後，彎下身來跟佳晴說：「我們先吃冰淇淋才去博物館，還是先去博物館好呢？」

「我們可以一邊吃冰淇淋一邊去博物館，我會在進場前吃光冰淇淋的。」

季平笑起來，跟佳晴去買冰淇淋，然後，一起往博物館去。

參觀博物館後，季平跟佳晴吃麵，問：「你知道為何在這兒興建圍棋博物館嗎？」

「不知道，建在杭州更好，我可以經常去看。」

「棋盤正中央是中元，洛陽一直是國家的中央，就像棋盤上的中元。」

「外爺從小下棋嗎？」

「可以這樣說，外爺是五段。」

「爺爺是三段，外爺下棋一定勝過爺爺。」

「不可以這樣說的，每一局棋都是公平的，每局棋的變化無窮，現實常見三段勝五段，甚至業餘棋手勝過職業棋手。一般來說，段位代表棋手的實力，但每次下棋的結局都是難以預料的。」

「為什麼要分段？」

「方便識認吧。」季平笑說。

「你們為什麼不讓我入段？」

季平想了想，說：「別再說圍棋，婆婆兒會不高興的。」

「為什麼？」

「沒有人告訴你嗎？」

佳晴搖搖頭，季平笑說：「那麼，我也不說。」

「外爺呀，你們不能這樣的，只說不准許，但不說原因。」佳晴嗔道。

「你知道現在的圍棋段位制來自日本嗎？」季平接

着説：「第一個圍棋九段的中國人應是吳清源，他真是棋聖呀。」

「外爺，你跟爺爺一樣，經常跟我説以前的事，卻不跟我説，我現在為什麼不能入段？」

「你喜歡下棋嗎？」季平見佳晴點頭後，繼續説：「喜歡下棋不一定要入段。」

「日本的仲邑菫已經是職業初段，」佳晴説：「我想跟柯潔哥哥下棋，先要入段啊。」

「你想入段是追求名氣，你並非喜歡圍棋。」季平語氣溫和説。

「外爺呀，」佳晴耍小性子道：「你怎會數落自己的外孫女？」

「古時候的圍棋都有分段，由一品到九品，一品最高，跟現在九段最高相反。」季平説。

佳晴吃罷整碗麵，專心聆聽。

季平繼續道：「古代的九品是守拙，八品稱若愚，順序再上是鬥力、用智、通幽、具體、坐照，一品是入神，這就是圍棋精髓。與其為入段而入段，不如將圍棋

當作課餘活動，一樣可以啟迪智慧。」

「我想看看最終可以去到哪個位置，就算無法考獲職業初段，起碼，我可以嘗試。」

「你跟你的媽媽一樣堅持，一模一樣，無論外貌還是性格都一樣。」

「媽媽是怎樣的？」

「沒有人告訴你嗎？」

「沒有。」

「既然如此，我沒有理由說的。」

「外爺，」佳晴想了想，拐個彎問：「為什麼媽媽沒有全身照片和錄像呢？」

季平望向眼神堅定的佳晴，想了想才說：「他們不說，因為他們愛護你，我沒有理由說的。」

「外爺，讓我知道事實才是真正的愛護我。」佳晴說：「你知道我每次發問都得不到答案，我是多麼失望嗎？」

「我和婆婆兒都好愛你的媽媽，她從小多病，很少上學，後來有一場大病就停學了。她從小跟我學圍棋，

經常自己下棋，她的童年就這樣過去。」

「媽媽好寂寞。」佳晴明白一個人下棋的心情，研究棋藝同樣是獨個兒的事，一坐半天，愛熱鬧的人不會喜歡下棋的。

「陪外爺出外逛逛吧。」

佳晴拖住外爺的大手，跟他一起逛街。

季平一直渴望跟女兒逛街，這一刻，他驀然明白女兒的心意。

「外爺最欣賞的棋手是聶衛平，一九八二年，我們恢復段位制，最初只有陳祖德、吳淞笙和聶衛平三名九段棋手。」季平開展新話題。

「你們讓我入段的話，説不定，二零二二年有余佳晴九段。」佳晴仰起頭來説。

「別作白日夢。」季平低頭笑説。

「你們快讓我入段啊。」

「一切由婆婆兒決定，外爺不能作主。」

「你們都怕婆婆兒，婆婆兒説不許就不許。」

「不是怕，是愛護和尊重。」季平頓了一頓，説：

「嗯，也許有點怕，我們怕她傷心。」

「跟媽媽有關嗎？」

「嗯。」季平說：「外爺只懂下棋，其他事問婆婆兒好了。」

「你們為什麼不喜歡爸爸？」

季平沒有回答佳晴的問題，只管說：「我們回家下盤棋，晚飯後，你可以跟婆婆兒聊天。」

乘車回家後，季平拿出珍藏的古董圍棋跟佳晴下棋，主動讓四子。

對於雙方棋力差距大的棋手來說，讓子可拉近彼此差距，那是另一種公平。

「你知道逢危需棄嗎？」季平在下棋時問。

「知道，當一方棋子有危機時，棄棋往往比救棋更好。」佳晴說。

「對，棄棋會輸一個範圍的棋，如果死守不棄，分分鐘輸掉全局。」

「明白。」

「小時候，外爺覺得大人不可理喻，好像佳晴現在

的想法。」

佳晴笑起來，説：「我覺得大人太多秘密，要我做什麼、不做什麼，卻不跟我説清楚。」

「在各類棋子之中，圍棋是最公平的，沒有皇帝、皇后、相、馬、士和卒等，只有黑色和白色，每隻棋子都是一樣的，沒有階級之分，全部棋子是一樣的。」

佳晴專心下棋，她感到外爺走的每一步棋都在她的意料之外，跟爺爺、奶奶和爸爸的下棋方式分別很大。

「你可曾感到被大人擺布？」

「沒有，我不是棋子啊。」

「你自覺不是棋子，事實是人人都是棋子。大人不一定對，大人和小孩一樣，即使多活數十年，大人一樣會犯錯。」季平説：「人人都像棋子，不過，看似無關重要的棋子往往決定輸贏。」

「外爺，你耍老鼠偷油嗎？」佳晴見季平一路緊氣後連子，然後一子殺六子，忍不住問。

「噢，被你看見了，每隻棋子都重要呀。」季平笑着説。

「認輸。」佳晴説。

「承讓。」

「外爺要跟我説承讓？」

「圍棋傳統，勝不驕，敗不餒。即使大勝，都要謙稱是對方禮讓才贏棋的。」

「不算虛偽嗎？」

「謙虛和虛偽不在於人所説的話，乃在於人心。佳晴，如果有一日不用讓子都贏外爺，到時要跟外爺説承讓呀。」

「明白了。」

季平不知佳晴明白什麼，等待她説下去。

「我明白不用問婆婆兒，當你們要告訴我的時候，你們一定會。」

「你怎會這樣想？」

「我好像只專心留意棋局一角，而你們看到更大的格局，你們總有一天會告訴我的。」

「如果我們不説呢？」

「長大後，我會追查真相的。」

「婆婆兒，我想入段。」

「不可以。」楊菲説：「佳晴好好讀書，可以偶爾下棋，但不能入段。」

季平説：「佳晴，每隻棋子都是重要的，我們靜待時機好了。」

楊菲説：「圍棋帶走我的女兒，我不能任由圍棋帶走我的外孫女。」

✦ 第四章　北京：落子無悔 ✦

乘搭火車到北京跟乘搭飛機不一樣，除了時間分別外，還有空間的分別，乘客在火車和飛機看見的風景差異很大。

要是天朗氣清加上萬里無雲，飛機上的乘客可以在空中俯瞰大地。余智總會想像北京城就是正正方方的圍棋棋盤，紫禁城在中線，左右對稱，棋盤式的街道讓余智想先下黑子，然後等待對手下白子。

數百年來，北京都是京城，中軸線由南部的永定門直達北部的鐘鼓樓。由這條中軸線開始分東西南北，大街和胡同是正南正北，正東正西，全部正正方方。

在北京城這個巨大的棋盤上，不少人都像棋子似的活一輩子。有人贏得榮華富貴，有人輸掉一切，更多人在人生的棋局浮沉，有時勝出，有時落敗。

全國天才兒童棋手都喜歡來到北京學藝，余智走

過同樣的路。父母帶他來北京拜師，對他期望殷切。然而，他在六段止步，沒有留在職業棋壇，返回故鄉，在父母經營的棋社工作，讓棋友前來下棋外，還在圍棋班教導不同年齡的新手下棋。

余智從小習棋，上學期間跟同學並不熟絡，朋友也不多。由於太專注於圍棋，沒有其他謀生技能，幸好也不會餓死。

對一生只懂下棋的人來說，無論為興趣還是生活，經營棋社或教班都是理想的，每日做自己最喜歡的事，並且有收入。

余智的父親開辦棋社養妻活兒，看見兒子從小流露圍棋天賦，決定悉心栽培，期望他就算達不到吳清源的級數，仍可去到林海峯和聶衞平的水準。可惜，余智很快退下來。

小時候，余智隨母親來到北京，在圍棋道場附近租住一套房，父親繼續留在杭州經營棋社，一家人就這樣短暫分開。余智晉升至六段以後，返回杭州棋社，不再拚命苦練參賽。

杭州是他的家，北京是他第二個家。每當感到無法再進一步，或有難以解決的困擾，余智都會獨個兒來到北京，在圍棋道場附近的旅館住下來，繼續跟老師學習，或在道場跟高手對弈。自己雖然不再比賽，但見以前的隊友繼續努力為不同的比賽作準備，心底裏還是高興的。

繁花似錦的春天讓余智心煩意亂，洛陽一別兩年，他沒有到洛陽見季清芳，反而季清芳來北京找他。她只有簡單行李，余智為她租住隔鄰房間。

余智一直跟清芳在網絡下棋和閒聊，那時候，他知道她不開心，但不知道原因。清芳詢問他在北京練棋的詳情，余智給了她道場和旅館的資料，但沒料到她突然前來。

余智跟她在旅館的餐廳吃幾味普通小菜和餃子，清芳已經非常高興，笑說：「首次吃北京菜。」

「不算北京菜，洛陽都有番茄炒蛋，這只是家常小菜，待會兒有甜品拔絲香蕉，那是我最喜歡吃的。」余智笑説。

「來到北京真好。」清芳説。

「你的父母知道你來北京嗎？」

「知道，媽媽不許我來，收起我的拐杖，爸爸給我找回來，他一定會被媽媽責罵的。」

余智默默為清芳添菜添湯，清芳問：「你不問我為什麼要來？」

「你來學圍棋？」

「最近身體轉壞，媽媽説我沉迷圍棋，用腦太多，將我的圍棋和電腦扔掉，用手機下棋更花精神，我有一段時間沒有下棋了。」

「難怪月暗星稀沒再出現，只在私信跟我閒聊。」

「我們結婚好嗎？」清芳突然説。

余智差點將口裏的炒蛋噴出來，手上的筷子沒有握緊，有一隻跌到地上去。

「我在圍棋比賽只贏過很少獎金，我家遠遠不及你家富裕，我只能在爸爸的棋社工作……」

「不要緊，要是你不嫌棄我只有一隻腳，我可以去棋社幫手的。」

「你的生活水平會大大下降,你會後悔的。」

「落子無悔。」清芳淡然笑説,如牡丹初綻。

回望過去,余智知道那刻的決定是一生最重要的。他們各下一子,無論對錯都不能後悔,也不必有悔。

余智知道佳晴想入段,更知道佳晴的婆婆兒反對,她已經失去女兒,總想保護外孫女,而她的保護方法就是要佳晴遠離圍棋。

佳晴已經十二歲,拿到不少業餘比賽的獎項,更儲起一些獎金,再不入段也就不必入段了。儘管十七歲前仍可入段,然而,要做職業棋手的話,起步太遲還是吃虧的。

為了佳晴和他在未來都不後悔,余智前來北京梳理思緒,更想得到其他專業意見,決定找道場的常老師出來傾談。

常老師跟余智先後跟隨同一老師學習,算是同門師兄弟,曾經大伙兒吃飯閒聊,余智每次來北京都會約常老師見面。

　　他們約在道場附近的咖啡店會面。說起來，北京總讓他感到「人面依舊，桃花全非」。古代環境變化不大，變的是人，現在是故人還是老樣子，但環境已經變得認不出來。這間咖啡店是新落成的，上次來的時候，根本沒有這間咖啡店，這次才見，從落地玻璃可見路人匆匆走過。

　　余智坐下沒多久，常老師已經來到，遠遠跟他打招呼，然後去櫃台買咖啡，手持咖啡走過來坐下。

　　「常老師，許久不見。」余智笑說。

　　「許久不見。」常老師坐下說：「我只有點空檔，稍後要回去教學，可別介意。」

　　「常老師的學生眾多，不敢打擾太久，我直接說好了。」余智呷口咖啡說：「小女佳晴今年十二歲，現在考慮讓她入段。」

　　「你們三代圍棋世家，不用送來北京學習。」常老師說。

　　「我們教她不夠嚴厲，聽說老師有高足是明日之星，不知老師可會收女學生？」

「現在女子圍棋很熱鬧，女棋手黑嘉嘉比藝人拍的廣告還多。」

「小女不及黑嘉嘉漂亮。」

「嗯，她是混血兒，考段的時候已經十四歲，考第二，得到職業女棋手資格，可惜……」

「我同樣覺得她沒有在中國棋院註冊有點可惜，不過，她是台灣的職業七段，同樣突出。」

「柯潔還跟她傳緋聞呢！」常老師笑說。

余智笑起來，說：「緋聞一定是假的。不如說說你現在的學生，多少學生升到九段？」

「近年最喜歡的學生是小范范蘊若，他很有天分，但壓力也不少。」

「現在的棋手壓力比當年更大。」

「以前的商業贊助多，我們不時有機會比賽贏取獎金。現在的比賽不多，除了最頂尖那批選手外，許多五六七段高手無法下棋和出賽，許多棋手一整年沒有出賽機會。」

「當年已經不易，沒料到現在更難。」

「看來我跟令千金師生緣不足，一來，我不收女學生；二來，我認為職業棋手的路不易走，你應該清楚的，可以不走就不走。」

「我家為這事爭議多年，女兒的外婆反對她入段，但孩子還是想一試。」余智說：「我想了許久，讓她來北京學藝，以免將來有一日，她會怪責我們不給她機會。她來北京可以專心學藝，她隨時可以回家的。如果我們繼續在家教她，或會令她感到沒有退路，心理壓力更大。」

「你的意思是來北京之後可以退回杭州，可有想過在杭州入段後，想退的話，一樣可以退回家庭？你想多了。」

「當然，我們的家永遠是保護小女的堡壘，不過，現在的孩子未必明白。」

「你這樣想亦無不可。」常老師點點頭，像要中止談話似的。

「常老師，還有時間閒聊嗎？」

常老師看看手機的時鐘，說：「還有時間。」

「當我在五段時，有天感到壓力太大，父母和我一直以為我是天才，那刻驀然發現世上的天才多的是，能夠冒出頭來的是天才中的天才。我無法繼續職業生涯，捱到六段不得不退。你不介意的話，可否讓我知道九段高手可有壓力？」

常老師呷口咖啡，望出窗外一陣子，眼神放回余智臉上，説：「你退下是對的，這個圈子的壓力不足為外人道。」

「常老師在小女的年齡已經是世界青少年錦標賽冠軍，十三歲半成為世界業餘錦標賽冠軍，二十歲終結中日圍棋擂台賽，人人都説英雄出少年。」

「沒有人人都説，只是説的人也不少。」常老師笑着説。

「我不知多麼渴望有你的天分。」

「大家是行內人才這麼説，那時候，許多人説我是冠軍命，聽得多了，我同樣以為自己是天生的冠軍，加上跟聶老和馬老的生肖同屬龍，各自相差十二歲，好像一代一代傳承。」

「連續三代屬龍的九段高手是一時佳話，大家認為老師會去到聶老的位置。」

「大眾的期望令我變成大眾的寵兒⋯⋯」

「其實，老師在九六年成為中日圍棋擂台賽終結者，人們對你的期望實在太高，往後難免失準。」

「你說得太婉轉，我不是失準，我是墮崖。那時候，大家對我的期望到達頂峯，然後，接下去的六個世界大賽亞軍就讓這個拋物線急轉直下，斷崖式的。」

「唉，」余智歎了歎氣說：「如果我得到一個世界大賽亞軍，全世界會為我歡呼，但老師連續六年亞軍，就是遺憾，大家期望你永遠在冠軍位置。」

「被人捧到上天，然後跌下來⋯⋯那時候，外界對我，說難聽點，簡直到了唾棄的地步。」

「沒有人永遠贏的。」

「不管水平多高，都會輸。高水平的棋手在失利的時候，那種難受尤其強烈。」

「所以，你並不贊成小女入段？」余智問。

「我沒有意見，」常老師說：「大家閒聊而已，我

說出我的心底話，真的，我有長期難受的時期，我經常這樣跟學生說。」

「小范（范蘊若）會成為一線棋手嗎？」

「他已經是一線的，全國排名十名以內，但在十名高手裏再下一城並不容易。」

「老師的心理質素真的高，只是旁人看不見老師的掙扎。」

「誰說的，」常老師笑說：「雖然一線棋手都習慣輸棋，但每個人都有自己的血淚史。如果說我當時的狀態是很崩潰的，外表雖然可以隱藏一點，但真的是……正常人崩潰是什麼樣，我就是什麼樣。」

余智呆在當兒，他沒想過天才棋手有崩潰階段，並且可以淡然說出來。

常老師看看手機，說：「我要回去了。」

「謝謝老師，」余智說：「聽君一席話，勝讀十年書。」

常老師站起來，擺擺手笑說：「個個都說你用詞誇張，你知道嗎？」

余智站起來跟老師握手，誠懇道：「沒誇張的，感謝老師跟我説真心話，每個成功的棋手背後都有他的血淚故事。」

「不成功的棋手背後的血淚故事只會更多血淚。」常老師笑説，隨後轉身離開。

余智坐下來，望出街外，目送老師的背影在街角消失。想起常老師曾是萬眾矚目的男孩，大家期待他是另一個吳清源、聶衞平、馬曉春……一直承傳冠軍傳奇，但他由冠軍大道跌落長年亞軍之路。

一般人對長期亞軍並不客氣，有時會嘲諷他為千年老二。毋視冠軍和亞軍實力相若，有時贏輸只是運氣的分別。

亞軍和冠軍仿似只有一步之遙，八段和九段好像很接近，但許多棋手無論如何都跨不過那一步。每個棋手都要面對現實的障礙，總有難以跨越的階段。

不知在咖啡店坐了多久，余智還未想得通應否讓女兒踏上職業棋手之路。

離開咖啡店，余智乘車到琉璃廠街去。這是清代文

人如曹雪芹閒逛的地方，以前賣文房四寶古董書畫，現在是古跡和近代仿古建築並存。

余智一邊逛街一邊想起，明代是圍棋的高峯期，文人以琴棋書畫為四藝，人人懂得下棋似的，總有些古舊的棋盤和棋子流傳下來。他一直想為棋社購入更多古董圍棋，不過，價錢和質素適合的不多。所以，每次來北京都會到舊店閒逛，看看可有心頭好。

所有上升的都會下降，中國圍棋也曾由高峯滑落，在近代沉寂下來，反而在其他國家繼續興盛，日本人和韓國人有段時期比中國人更尊重圍棋和棋手。

不知逛了多久，余智致電經營圍棋道場的張老師，透過手機略談近況後，張老師笑說：「快過來，咱們聚一聚。」

余智連忙說好，將剛剛買的幾本棋書放進手提包，乘地鐵到張老師的道場去。

到達時接近黃昏，學童早已放學，張老師的道場坐滿下棋的兒童。余智站在一旁等候，看見小孩認真下棋的樣子，彷彿看見女兒的成長過程。佳晴下棋的樣子跟

天下的兒童一樣嚴肅得可愛，又可愛得嚴肅。在父親的眼中，佳晴是世上最可愛的小棋手。

「這次逗留多久？」張老師的聲音讓余智回到現實，示意大家到辦公室閒聊。

在辦公室坐下來後，有職員拿來兩杯茶，余智呷口茶說：「昨天到北京，明天走。」

「幹嗎匆匆而行？今晚可以約幾個舊棋友出來涮羊肉呀。」

「不成，有點腸胃不適，要早點回旅館休息，特意來你的道場看看而已。」

「怎樣？」

「很好，難怪幾歲娃兒都來北京學藝，近年有更多新人冒起？」

「剛剛相反，以學棋的人數比例來說，新人不算多。」

「你看好哪些新人？」

「新人說不上，已經冒起的一定是小柯。還有，也許是北京同門的關係，我更欣賞小范（范蘊若）的沉

實，范廷鈺九段同樣努力。」

「范廷鈺在一三年拿了世界冠軍後，一直進入潛伏期，多麼希望他拿第二次世界冠軍。」

「小范好像八段就停了下來，其實他的潛質不止於此。」

「你怎樣看柯潔和阿法狗當年的比賽？」

「第一局比較緊湊，四小時多的比賽，觀眾看得緊張，第二局就見小柯失手，機器沒有情緒，人始終有情緒的。」

「不過，好些人讚他前一百手表現得很好。」

「初看第二局，我認為小柯有機會勝出，不過，阿法狗實在太厲害，即使小柯在中局沒有失誤，還是會輸掉的。」

「聶老説阿法狗是二十段，二十段贏九段是正常的。」余智笑起來，繼續説：「第三局更精彩，許多人都看得呆了。」

「對，第三局，小柯要求用白子，中國規則對白子稍稍有好處。」

「坊間稱他白子不敗。」

「小柯很努力布局，但由布局開始已成敗局，綜觀全局的能力遠遠不及計算機，真是可惜。」

「就是這樣，柯潔用搶邊角實地的方法，阿法狗就令黑子變得更易擴大範圍，未過百手，柯潔敗局已成，看得出他很沮喪。」

「小柯撐到一百二十六點並不容易，然後就是人人見他中途喊停離開，哭了好半天才回去。下半場明知輸棋，小柯還是捱下去，沒有提早認輸，總算有體育精神。」

「阿法狗的計算能力比人強大得太多，任何棋手都會犯錯，阿法狗卻不會，計算機沒有情緒，也沒有輸棋壓力，輕鬆勝出。」

「小柯在比賽前太輕敵。」張老師忍不住拿出手機，重播柯潔當日說的話，拿到余智跟前讓他看柯潔的錄影：「阿法狗太完美，我很痛苦，看不到任何勝利的希望。能和阿法狗比賽，對我的意義超出以前所有比賽。最後一局我本以為能下得好些，沒想到布局就走出

我自己都無法原諒的惡手，導致無法挽回，連堅持下去都很難。阿法狗實在下得太好了，我擔心的每一步棋他都會下，還下出我想不到的棋，我仔細慢慢思索，發現原來又是一步好棋，我和它差距實在太大了。很感謝阿法狗，讓我知道自己與它居然能有這麼大差距。」

「語氣明顯轉變了。」

「我錄下這段時，不時播給學生看，讓他們知道最重要的是尊重對手，無論對方是小孩子還是老爺爺，甚至計算機，每一次都要重視對方，認真下棋。」

「柯潔年紀還小，他的微博仍有調皮一面，他寫現在才發覺原來跟人類下棋，是可以這麼輕鬆、自在、快樂，下圍棋真好。」

「李寧和劉翔得到世界冠軍的時候，人人歡呼讚好；當他們失手失意的時候，無數嘲諷的話令局外人聽到都替他們難堪。升得高，跌得痛，一沉百踩，小柯能夠保持輕鬆並不容易。」

「聶老說柯潔的發揮無法左右最後的結果，發揮不好是輸，發揮好也不可能贏。柯潔雖然下得很努力，

但對手畢竟太強了。以為人類棋手能夠和阿法狗比賽其實是種錯覺，這次的幾盤棋，阿法狗給我們上了好幾次課，以後應該虛心向『阿老師』請教、學習。」

「我都要跟阿老師學習了。」張老師說。

「師兄說笑而已，」余智說：「柯潔寫得對，跟人對弈是樂趣，阿法狗永遠不能取代人的。」

「你知道嗎？有個學生走來問我計算機為什麼變成狗。」張老師想起好笑的笑話，帶笑說。

「小女曾問相同問題。」余智笑說：「我跟她說，碁的英文是Go，碁是日文的圍棋，像小女幾歲開始學圍棋是Go Kid，AlphaGo就被大家簡稱阿法狗。」

「有個五歲學生問阿法狗可會吠叫……哈……」

「嗯，現在有人工智能下棋和學棋，來道場的小孩人數可會減少？」

「當然減少，以前一家大小為娃兒來北京學棋的熱潮已經不見，無論有沒有人工智能，全國來北京的學童早已大減。」

「無論阿法狗多神，它永遠不能取代人。」余智

説：「柯潔可以去清華大學讀書，阿法狗只能自行演算學習。」

「他選擇讀書並不容易，許多圍棋高手停學的，要是他讀大學後輸棋，又會有人問他為何要讀書的。」

「他在清華選修圍棋拿學分，不知老師還可以教他什麼？」

「若由我教，我會教他多下棋，少説話，控制情緒和保持謙虛。」

「嗯，就看他在賀歲杯的表現，確實要學習控制情緒。」

「你有看賀歲杯？」

「當然有，柯潔在自己主場對韓國棋手朴廷桓，開局很好，一直佔優，誰想到因收官階段失誤讓人反敗為勝。」

「許多人都記得這一幕，大家知道比賽在直播，小柯竟然自顧自打臉，還要摔棋子。」

「他一定後悔輕敵，對手是首輪的手下敗將，敗將復活才有機會再跟他下棋。朴廷桓黑子先行，白子不敗

的柯潔在中盤已經確立優勢，只差少許就勝出了。」

「坦白説，要是我犯了同樣的低級錯誤，我一樣想狠狠搧自己耳光，但我不會在直播時搧巴掌和摔棋子落地，我會回家才做，頂多在後台多搧幾巴。」

「他很快知道自己下錯棋，一定氣昏了。以他的級數，他確實要學習控制情緒的。」

「失掉冠軍和八十萬獎金，十分難受吧。」張老師笑説。

「他還有亞軍和四十萬獎金，我連一次重要賽事的亞軍都沒有。」

「他知道自己失態的，在微博表示：『下棋的時候很失態，抱歉，我會注意，下次我換個地方』。」

「我見過不少棋手因失誤痛哭，而我會回家才發自己脾氣。我一早懂得換個地方，也許我失敗得多，而柯潔很少輸棋。」

「我教學生贏棋之前，先要教他們面對輸棋。不過，對小棋手來説，輸棋哭一陣子也是好的。」

余智笑起來，説：「時間不早，我要先回旅館。」

「下次跟家人一起來，我請客。」

「好呀，你跟家人來杭州的話，記得來我的棋社，我請客。」

兩人握手道別，走的時候，余智看見好些小孩仍在下同一盤棋。

平日走來走去無法好好坐定的孩子，只要喜歡圍棋，全部人可以坐下來對弈數小時，樂趣無窮。

想到這兒，余智覺得自己變回小孩，像第一次踏足道場，好想跟其他孩子下棋。

隨意走進一間小館子吃點東西，余智一個人吃了一碟拔絲香蕉。

回到旅館，先給父母報平安，再傳短訊問女兒：「你想來北京學棋入段嗎？」

「不知道。」佳晴回應。

「回家再聊。」

「爸爸早點休息。」佳晴最後還加上三個睡覺公仔符號。

余智在房裏刷手機，看見清華大學免試錄取柯潔，

網民讚揚是「天才配名校」，知道七屆圍棋世界冠軍還選修了圍棋課的網民不斷起哄，柯潔回覆：「別罵了別罵了嗚嗚嗚讓我過吧」。

余智笑起來，柯潔還是大孩子。

余智想起自己早婚，加上在職業圍棋界努力，錯失入讀大學的機會，也沒有公開帳號跟網民說笑。即使在相同年代，他和柯潔的人生相距太遠，無法理解他的幽默和壓力，只見他的失儀和輕浮。

躺在牀上，余智望向天花板，在心裏默念：清芳，佳晴還想入段。在你的人生裏，只有圍棋最公平。在佳晴的世界，她可以選擇更多公平的挑戰，然而，她還是想入段，你可以在夢裏告訴我怎麼辦嗎？

余智沒有夢到妻子，不過，他知道清芳一定支持他和佳晴的決定。

115

第五章　開封：每步都是超越

相對洛陽的濃豔牡丹，楊菲更愛開封的清麗菊花。她的女兒名為清芳，人人認為是牡丹吐豔，只有楊菲知道，清芳是雅淡菊花。

每年來到秋天，開封的菊花都會盛放，第三十八屆菊花文化節更是開封的盛事。因為疫症蔓延關係，許多文化活動暫停，不少圍棋賽事停賽。難得在菊花文化節還有一連三日的圍棋活動，許多高手大半年沒有下棋，來到十月深秋才參加年度首場比賽。

楊菲並不關心圍棋，只是陪同丈夫前來，順道回鄉探親，還可跟外孫女和她的爸爸會面。她認為人生最大的錯誤是任由女兒學圍棋，因為下棋才認識余智，乖巧的清芳被網上騙徒所騙，不理會父母反對，可以自主簽名就結婚，然後，定居杭州。

楊菲永遠記得她跟女兒的最後短訊對話，她一直沒

有刪除，經常拿來重看，即使不看，對話早已印在她的腦海。

「媽，我懷了孩子。」

「醫生說你不宜懷孕，這孩子不能要。」

「媽，你讓我決定吧。」

「你要結婚，我們讓你決定，但關乎生死的事，你應聽從醫生建議，你應聽我們的話。」

「媽，我想有個健康的孩子代我陪伴你們。你們給我太多，我想給你們外孫。」

「如果你想用性命換取一個健康的小孩，我不會見那小孩的，我要的是你活得健康快樂。」

「媽，我好快樂。」

楊菲賭氣沒有回覆，此後，清芳不時給她短訊問候，她全部沒有回覆。然後有一天，清芳的手機短訊是這樣的：「我們的孩子剛剛出世，不過，清芳走了。」

楊菲努力忘記那段時間的痛苦，不願看見外孫女，只是清楚說明不許她做棋手。然而，當佳晴跟爸爸來到洛陽的時候，她的心像雪人溶化似的，她要將無法給女

兒的愛加倍給予外孫女。

　　楊菲在開封的老家遠離鬧市，她決定租住酒店，她和佳晴一房，季平和余智一房。佳晴已是十三歲的少女，跟外婆同住比較方便。

　　晚餐時，楊菲選了好些特色美食。開封是豫菜發源地，正值菊花盛開的季節，楊菲要牛肉菊花、菊花鴨、金菊鹿角菌和蝶戀花等，飲的當然是菊花茶。

　　佳晴看見一朵朵不同顏色的菊花放在碟上，不禁問：「這麼多菊花都可以吃嗎？」

　　「當然可以，菊花可以燜、煮、炒、燒，你試試可喜歡？」楊菲說。

　　佳晴先吃菊花鴨，說：「好味道呀，跟平日吃的鴨不同。下次帶爺爺和奶奶來吃菊花。」

　　季平為佳晴夾菜，佳晴說：「謝謝外爺。」

　　「呵呵，多吃一點，快高長大。」季平笑說。

　　「外爺怎樣認識婆婆兒的？」佳晴問：「一個在洛陽，一個在開封。」

　　「外爺來開封旅遊，遇到漂亮的導遊小姐，不停介

紹開封是四千年古城，開封是世上唯一中軸線沒有變改的城市，開封是……」季平模仿妻子的語氣說，逗得大家笑起來，除了楊菲。

「好了沒有？」楊菲冷冷說。

季平跟外孫女吐吐舌頭，專心吃飯。

「婆婆兒，你為什麼不喜歡圍棋卻跟棋手結婚？」

「我並非不喜歡圍棋，」楊菲說，大家鬆一口氣之際，聽到她接下去說：「我是討厭圍棋，好後悔讓女兒學圍棋。」

氣氛一下子僵住了，余智和佳晴低頭吃東西，季平說：「我下圍棋半生，並不覺得圍棋虧待任何人。」

楊菲放下筷子說：「范蘊若離去已經說明一切。」

「外國明星都會突然離去的。」佳晴低聲說。

「好吧，如果說棋手是職業，要知道大部分棋手並沒有工資，所以，佳晴可以業餘下棋，不能入段。」

「婆婆兒，我是為興趣入段的。」

「棋手的EQ低，現在都說情緒智商，你見柯潔和聶衛平情商高嗎？頂級高手仍然亂發脾氣，其他棋手的

情商也不見得高。」

余智吃罷鹿角菌説：「琴棋書畫都可以陶冶性情，棋手在職業賽太緊張而已。我在棋社教班時，最先教學生棋品，清芳最先吸引我的是棋品。」

「圍棋根本是戰術改變而來的，孩子從小學習就會懂得計算，佳晴不要計算下去。」

「婆婆兒，我們學的是取捨啊。」佳晴説。

「先吃東西，別再説了。」季平將一朵香炸菊花放在楊菲的碗內。

「棋手根本是表演，跟唱歌跳舞沒有分別，為何不好好讀書？」楊菲説：「佳晴，你的媽媽無法上大學，她一定期望你讀大學的。」

「不同的，棋手不同藝人，棋手艱苦得多。」余智説：「以唱歌跳舞為職業的人每次演出都有收入，但圍甲（中國圍棋甲級聯賽）的棋手比賽要勝出才有獎金，輸棋的一分錢都沒有。柯潔有出場費，但許多九段和八段高手都沒有，每年一次圍甲就是最大的賺錢機會，然而，總有大部分人落空，商業贊助的比賽越來越少。現

在留在圈子的棋手都是真心喜愛圍棋的，下棋跟唱歌跳舞是有分別的。」

「現在有人工智能，棋手怎有出路？沒有人可以再打敗阿法狗的。」楊菲帶點怒氣說。

「你已經忘記你的導遊解說嗎？」季平說。

「什麼解說？」

季平模仿當時楊菲的語氣說：「各位團友，現在介紹圍棋與開封的深厚歷史淵源，博弈和舉棋不定等典故源自開封，竹林七賢的阮籍更是圍棋高手。宋朝由皇帝到百姓都喜歡圍棋文化，人才輩出，那是圍棋發展史的高峯。」

「導遊每日說那麼多話，我怎記得？」

「我記得呀，」季平說：「我就是這樣喜歡你，以為你跟我一樣是棋痴。」

佳晴笑起來，說：「婆婆兒別再惱恨圍棋了。」

「如果沒有圍棋，清芳就不會認識網絡騙子，不會早逝。」楊菲生氣道。

「你們知道清芳的網名嗎？」余智問。

季平和楊菲對望一眼，搖了搖頭。

「她的網名是月暗星稀，她說過，圍棋是她接通外界的渠道，」余智說：「在你們眼中，我們是任性的。不過，清芳多次強調落子無悔，她過得幸福。」

楊菲的情緒一下子轉變，隨即離開，她一直以為給女兒世上最好的，沒料到女兒將家庭視為黑洞。

「讓她回房休息，我們繼續吃飯。」季平說。

佳晴專心吃飯，余智問季平：「明天看比賽嗎？」

「今年有劉小光、常昊、汪見虹和王檄四位圍棋九段高手，當然會看。」

「我會帶佳晴聽聶老講解。」余智說。

季平望向佳晴說：「婆婆兒有她的道理，佳晴專心讀書比入段好。因為疫症停賽，今年有不少圍甲棋手沒有收入。即使可以出賽，費盡心神下棋都會輸掉的，每局棋需時數小時，總有一個人滿懷信心前來，但失望而回。職業棋手的路太難走，婆婆兒不許你入段，只想保護你，你別介意她看來有點野蠻無理。」

「沒有，我沒有怪責婆婆兒，她不許我入段，我就

一直沒有入段。」佳晴低聲說。

「女棋手的路更難行，黑嘉嘉拍廣告賺錢一定比下棋的多。」季平說。

「我們不要讓佳晴老是想起錢，她今年只有十三歲。」

「要是純粹為了興趣就留在業餘，有些業餘比賽都有獎金的。」

「我得過獎金，但我不是為獎金下棋，我想試試自己的能力可以在標尺哪個高度。」佳晴說。

「我們再商量，快吃吧，待會兒有菊花糕甜點。」季平說。

「好啊，我最喜歡吃甜點的。」佳晴歡呼道。

第二日，楊菲推說頭痛沒有出外，佳晴和外爺和爸爸去看比賽，大堂坐滿數百人，聶衛平擔任大盤講解，為觀眾解讀棋局的精妙之處，說來詼諧幽默，逗得佳晴笑起來，有些觀眾還會鼓掌。

聶老說：「圍棋是中國傳統文化的重要載體，大力弘揚和發展圍棋運動、挖掘和傳播圍棋文化是弘揚中

華優秀傳統文化的重要方式。國運盛，棋運盛。中國的圍棋水平目前立於世界之巔，正是得益於國家的繁榮昌盛。」

季平壓低聲音跟余智説：「聶老總是這樣説，説了許多年。」

余智笑起來，只要跟圍棋連結，季平待他就如親人。季平已經放下對余智的敵意，讓他感到高興。

比賽前，對弈的棋手先跟觀眾説話，常昊説：「今天我終於回『家』了！雖然我在上海長大，但我的祖籍是開封，我的戶口本上至今籍貫仍是河南開封。受疫情影響，這是我今年第一盤正式比賽，非常值得珍惜，希望能下出精彩的棋局，更希望以後每年都有機會回家鄉下棋。」

佳晴低聲問：「棋手都要四處去嗎？」

「嗯，棋手跟比賽走。」余智説。

王檄是開封人，在開封長大，他説：「這次回開封，見到了很多我所尊敬的師長，倍覺温暖親切。時隔多年回到家鄉參加如此高規格的賽事，更感到光榮自

豪，希望開封以後經常舉辦這樣的比賽，也祝願家鄉的圍棋事業蒸蒸日上。」

　　數小時的比賽始終有輸贏，佳晴想到如果她是輸棋的九段高手，她如何面對呢？

　　離開時，有人走到她面前問：「你們在杭州開棋社嗎？」

　　佳晴看見一個高大的青年，想不起是誰，青年說：「我是蘇明，四年前來杭州旅遊，跟你下過兩盤棋，一人勝一盤，記得嗎？」

　　佳晴笑說：「記得，不過，你變得不一樣。」

　　蘇明笑起來，說：「那時十五歲，我由十六歲起不斷長高，卻不是因為打籃球，只是日日下圍棋，但快要高過籃球員了。」

　　余智加入問：「現在段位如何？」

　　「七段，好想快點晉升八段。」

　　季平跟佳晴說：「你們聊聊，我先回去看看婆婆兒可還頭痛。」

　　佳晴答：「好啊，待會電聯。」

「我可以跟佳晴出去吃東西嗎？」蘇明問余智。

余智說：「在附近就可以，我有朋友在場，先跟他們聊天，待會致電佳晴手機，我會接她一起晚飯的。」

「謝謝余老闆，我會照顧佳晴，我住在這區的。」

「別去太遠，你給我手機號碼吧！」余智跟蘇明說，蘇明隨即在余智的手機按下號碼，余智接通電話，蘇明的手機隨即響起，代表號碼是真的。

余智又提醒佳晴說：「去附近的小館子好了，別去太遠。」

「知道。」佳晴說。

蘇明帶佳晴到菊花展閒逛，佳晴從未見過那麼多不同品種的菊花，很是高興。

「還未入段嗎？」蘇明問。

「未。」

「令和棋聖比你大少許，快升二段。」

「別說啦，好煩惱。」佳晴望向蘇明說，突然像發現什麼似的問：「你的黑眼圈比熊貓更黑，幹嗎不睡覺？」

　　蘇明尷尬一笑，說：「並非不想睡覺，而是無法入睡。」

　　「不可以這樣的。」佳晴驚愕說。

　　「我知道，我知道，北海就是連續五天無法入睡，然後……」蘇明說不下去。

　　棋圈的人都知道這件事，有人稱他大范或親昵地稱他小范，圈內棋手稱他北海，那是他的微博名稱簡稱。

　　「你已經很出色，我沒想過你可以年年晉升的。」

　　「我無法更努力了，別人每日花一個小時在腦海練習對一百種情境下決策，我用幾小時想數百種對弈情況，AI只是一分鐘就可以計算出來，我覺得每日都在白費時間。」

　　「爺爺跟我說，我們練習是自我挑戰。每盤對弈少則數十手，多則兩三百手，我們在腦海思考得多，自然可以看出最好的落子位置。就算不下圍棋，面對人生決策時，都可以思考得更好。」佳晴說。

　　「我漸漸明白先天限制，圍棋不能提升智商，只能讓智商高的人脫穎而出。我漸漸發現我的局限，我不能

超越前人，甚至未必可以晉升九段。」

「你就是這樣不能睡覺嗎？」

「我每日花十小時在圍棋之上，沒有上學，開始感到跟世界無法接軌。」

「爸爸要我上學，就算婆婆兒准許我入段，我依然要上學。不過，好像沒有可能。」佳晴說：「其實，你可以上學的，像柯潔上清華大學一樣。」

「我的學歷太低了，」蘇明說：「先前認識一個喜歡的女孩，跟她表白時，她說我的學歷太低而拒絕我，那次……唉……不說了。」

「你記得在杭州教我如何學習圍棋嗎？」

「有嗎？」蘇明想了想說：「我只記得第一局太輕敵輸掉。」

「你總是記得輸棋，自然會失眠。」

「輸棋要查找不足。」

「你當日教我要形勢判斷、確認自身承受底線、擬定策略和保留彈性，我全部記得，一直是這樣學習圍棋的，你忘記了嗎？」

「你説起就記得了。」

「你沒有確認自身承受的底線嗎？」

「你不明白蟄伏期的。我曾在重要比賽勝出，有十萬元獎金，但沒有第二次。當我看見九段的范廷鈺慨歎在七年前拿了世界冠軍，自此進入了蟄伏期，沒有拿到第二個世界冠軍。我完全明白那種心情，難過得哭起來。」

「我在十九歲賺到十萬元會很開心。」

「你只關心錢？」

「爸爸經常提醒別人不要在我面前談錢，但我早已知道錢的意義。大人不談，不等於不緊張。」

蘇明笑起來，説：「跟你聊天真好，很久沒有這樣笑過。」

「如果我十九歲晉升到七段，我會快樂的。」

「你實在不明白。好像北海在國內等級分排名總在十至十五名之間，有次排第九。普通人看見他少年得志，以為他沒有進步，卻看不見當事人要盡力才可維持原狀。北海是介乎一流和超一流之間的棋手，而我連一

流都未達到。」

「已經盡力，不就是很好嗎？」

「不，每局棋都可以部署得更好，每下一子都覺得可以下得更巧妙。」

「爸爸教我落子無悔，下子前想清楚，下子後就向前看。」

「有無數個晚上下棋後無法入睡，棋盤和棋譜加上棋子不停在腦海出現。我沒有刻意去想，就是棋子自己在我的腦海走來走去，讓我重看哪一步下對，哪一步下錯。」

「你這樣不成啊。」

「我就是失敗。」

「爺爺說，棋手要有文化底蘊，你現在開始讀書也不遲。」

「據說北海後期拚命買書，他覺得吳清源和李昌鎬很了不起，努力想學他們的樣子。他知道自己讀書少，沒有文化底蘊，想從書籍中求得力量，可惜太遲。」

「不遲，不遲，他其實有許多時間，只是他沒有留

意而已。」

「我都太遲，現在看書，滿腦子都是圍棋，根本看不下。」

「蘇明，你還有許多許多時間啊。」

「北海跟他的媽媽説以前貪玩不懂事，覺得如果很努力的話，可以跟申真諝、柯潔下棋的。他年齡比他們大一點，所以要加倍努力。我的年紀比他們小一點，但我覺得加倍努力都無法跟他們下棋。」

「我認為我可以跟柯潔哥哥下棋的，只不過是下棋，説不定，我還可以跟聶老下棋，我進去跟他説。」

蘇明大笑起來，説：「你別入去嚇壞聶老，我明白啦，你總有機會跟你期望的人下棋。」

「不是我，是我們，你都要相信自己可以跟他們下棋的。」

「如果我拿到世界冠軍，我喜歡的女孩會喜歡我嗎？」

「不會。」佳晴説：「她喜歡你的話，就算你不懂圍棋都喜歡你。」

「但是，我覺得她拒絕我是因為我沒有拿到世界冠軍。」

「你看柯潔哥哥成為世界冠軍多年，沒看過女孩子説喜歡他。」

蘇明苦笑，佳晴逗他：「你比柯潔哥哥英俊呀，他自嘲只能做實力派，如果墊高個鼻子或可成為偶像派，你的鼻子比他高呀。」

蘇明果然笑起來，説：「我真的羨慕柯潔，除了下棋不如他外，連説笑也不及他。記者問他對未來女友的要求，他説不希望她會下棋，以免出了臭棋讓她指責很沒面子，你不能做柯潔的女朋友了。」

「誰稀罕。」佳晴笑説。

「我們就是這樣，難得柯潔公開説出來，女友不會下棋的話，他可以保持個很高大上形象。我都想女友及不上我，但我不會説出來。」

「你剛剛不是説了嗎？」

「你不是記者，甚至不是我的圈內朋友，下次不知要在哪時才能見面，跟你説就像自言自語。」

　　佳晴的手機響起，爸爸提醒她回去，掛線後，她說：「我要回酒店了。」

　　「我送你回去。」

　　「好呀。」

　　跟蘇明徒步返回酒店的時候，佳晴想起跟爺爺散步時聽來的故事，說：「你知道怎樣捉猴子嗎？」

　　「我怎會知道？」

　　「他們在窄口瓶放了個蘋果，瓶口窄到只能讓猴子伸手入去。當猴子緊握蘋果的時候，牠的手不能伸出瓶口，就這樣被人捉掉。」佳晴忘了是窄口瓷罐，只管說是窄口瓶。

　　「不會吧？猴子會走的。」

　　「牠不肯放下蘋果。」

　　「被人捉走可能喪命的，牠怎會為了個蘋果放棄逃跑呢？」

　　「牠喜歡蘋果呀。」

　　「牠可以連同瓶子拿走。」

　　「瓶子太重，拿不走，牠只能放開手，將手抽出來

然後逃跑的。」

「這就是了，那麼簡單的事，猴子真的不懂。」

「爺爺説，我們以為猴子愚蠢，其實，我們一樣是愚蠢的，總是執迷於眼前的蘋果，不懂放手。」

「我的蘋果是圍棋冠軍嗎？」

「你知道的。」佳晴説：「睡眠和健康一定比蘋果重要呀，但你……」

「我明白了。」蘇明打斷佳晴的話説：「我只要放手，就可以走出困局。」

「就是這樣。」

「這下我真的明白了，請跟你的爺爺説，我多謝他的故事。」

「你不想升八段嗎？」

「我當然想升八段，我還想得到世界冠軍，但我不必執着於瓶子裏的蘋果。」

「現在到我不明白。」

「世上有許多蘋果，拿不到的可以放手，努力拿取可以得到的蘋果就是，有些蘋果掛在樹上的。」

佳晴笑起來，説：「對，我們都為自己的蘋果努力。」

「也可以為香蕉、雪梨和橙努力，我喜歡的水果多的是。」

「到了，謝謝你。」

「我謝謝你才是，今晚應該睡得香甜。」

「可別夢到猴子呀。」

蘇明笑説：「有機會再到杭州，親自跟你的爺爺説句多謝。」

「好啊。」

蘇明目送佳晴回到酒店，她的爸爸和外祖父母已在大堂等候她。

蘇明回家的時候，心情輕鬆起來。他會為升段和比賽努力，但世上值得努力的事情還有許多，不應為下棋感到壓力。

晚餐再吃豫菜，不過，今餐沒有菊花主題，楊菲點了炸紫酥肉、扒廣肚、汴京烤鴨和清湯鮑魚等。飯菜來到，佳晴先吃一口汴京烤鴨，説：「好味。」

中國棋手的智慧之戰

「多吃一點。」楊菲説：「煮菜看似容易，要煮得好，一定要花時間心思鑽研的。」

「是啊。」佳晴説：「圍棋看似容易，要下得好，一定要花時間心思鑽研的。」

整桌人靜了下來，楊菲問：「你確實想入段？」

「是，」佳晴説：「不過，要是婆婆兒為了我入段難過的話，我寧願不入段。」

「嗯，」楊菲説：「你和爸爸回杭州之後，我跟你外爺會留在開封一段時間。我想通了，當我要去洛陽的時候，要是父母反對，我會怎樣選擇呢？」

季平笑説：「要是這樣，我跟你留在開封。」

楊菲笑起來，問余智：「我待你們是否太差？」

余智呆了一呆，説：「不是，你們沒有責罵我們，只是不再理會我們。」

「清芳説落子無悔，我不懂圍棋，只知我真的後悔了。」楊菲説。

「婆婆兒不要難過。」

「如果我一早明白，可以及早來杭州照顧清芳，可

137

以陪伴佳晴長大。」

「季太太，我們過得很好，清芳無悔，你也不必後悔。」余智說。

「你是清芳的丈夫，也是佳晴的爸爸，不必稱我們季先生和季太太，跟佳晴喊我們外爺和婆婆兒好了。」楊菲說。

佳晴笑起來，說：「你們像爸爸的哥哥和姐姐，他喚你們做外爺和婆婆兒，別人會取笑爸爸裝小。」

大家笑起來，楊菲說：「佳晴真聰明，又會說話。好吧！婆婆兒不管你，你喜歡入段就入段，不喜歡就不入段。」

佳晴笑說：「謝謝婆婆兒。」

一家人開開心心吃飯，最後還有菊花糕甜品，讓佳晴笑得像花般燦爛。

第六章　南京：無關勝負　海闊天空

坐上杭州到南京的高鐵後，佳晴問：「爸爸，你曾來這裏比賽嗎？」

「有，我們珍惜比賽機會，經常跟隊友四處去，當然來過南京比賽。」

「為什麼南京的是金陵杯？金陵是大公司嗎？」

余智笑說：「中國的圍棋賽事除商業贊助冠名外，多以地方特色命名，好像洛陽以前有龍門杯，你跟外爺去過的龍門石窟是全國聞名的，現在是洛陽的白雲山杯。西安是絲綢之路的起點，有合辦的絲綢之路杯；北京除了賀歲杯外，還有清華大學的京華杯；開封鄰近黃河有黃河杯；南京別稱金陵，所以有金陵杯。」

「杭州呢？」

「杭州比賽多是商業贊助冠名的。」

「爸爸有朋友參加這次比賽嗎？」

「他是北京道場的師弟參賽，很久沒見，順道帶你來看看六朝古都，還可以逛逛棋社，汲取別人的經驗，回去將棋社和棋班辦得更好。」

「我們還要看其他人嗎？現在是AI訓練，打敗柯潔的韓國棋手申真諝好像記得AI的各種招式。阿法狗贏柯潔，用阿法狗招式的棋手都贏，我們還要懷舊嗎？」

「你不是稱他柯潔哥哥嗎？」

「我長大了，不好意思隨便稱人哥哥。」佳晴帶點害羞說。

「長大到研究人工智能啊，我以前會跟人工智能下棋，但我不喜歡它的套路。棋手的對手始終是人，不是人工智能。」

佳晴沒有說話，看出窗外匆匆倒退的風景。

「你有什麼想反駁的嗎？」余智說：「直接跟爸爸說好了。」

「由二零一六年至今，阿法狗還在不斷改進。AI向前邁進，只會將人遠遠拋離，現在連小孩子都跟AI學習。」

「人工智能改革了圍棋技術，以前的人要向高手學習，高手不一定懂得教學。就如你說的一樣，現在連小孩都可以跟人工智能學習。不過，人工智能不會關懷學生，大家沒有師生感情，加上人人天分不同，老師才懂得因材施教，人工智能不懂。」

「AI懂的還不少，以前的棋友會在棋社閒聊走哪步棋較好，現在輸入電腦，就可以運算出各步棋的勝負或然率，方便得多。」

「我喜歡看棋友爭議，好壞不在輸贏，還在於棋手的人生觀和價值觀，人工智能還未懂得人性。」

「現在杭州有那麼多棋社和學校，最近生意好像少了，學生也減少，學生在家裏跟AI學習就不來了。」佳晴幽幽的說。

余智大笑起來，說：「原來你擔心人工智能搶走我們的生意。」

「如果我成為著名棋手，棋社的生意自然大增。」

「不要這樣想，」余智說：「你是你，棋社是棋社。如果我們無法做好棋社，專心經營咖啡店即可。你

不要將夢想變成商業活動，棋社不會贊助你出賽的。」

「我以實力取勝。」

「踏入二十一世紀的首十年的圍棋圈子是最熱鬧的，人工智能的出現確實令棋社和棋班大受打擊，不過，圍棋普及讓我們可以繼續發展，將來的事就沒有人知道了。」

佳晴點點頭，沒有說話，余智讓大家保持沉默空間。

列車到站後，當大家走出高鐵站時，佳晴表現得很高興，跟剛才的表情完全不同，余智完全無法理解青春期的女孩心意。

雖然父兼母職多年，但從來不明白女兒心事，看見十四歲的女兒長得亭亭玉立，並非大人，又不是小孩，令余智更加不懂得跟她相處。他懂得面對電腦或跟人對弈，但不清楚女兒的想法。

現在父女相距更遠，連入住酒店都要一人一房。如果清芳跟他們一起，說不定可以三人一房，既省錢，又熱鬧。

在旅館安頓後已近黃昏，余智跟佳晴出外閒逛。

「爸爸，這城市真是漂亮。」佳晴跟余智説。

余智望向路旁的法國梧桐説：「對，秦淮河沿岸更漂亮，不過，我們不會過去那兒。」

「爸爸，我們去看道場嗎？」

「今晚先去吃一餐南京菜，明天才去看道場和圍棋學校。」

「好啊。」

他們在餐館坐下，余智問服務員：「有什麼特色小菜介紹？」

服務員説：「簡單家常菜有腐乳蒸肉、南京版煎餅果子、南京鴨血粉絲湯、鹽水鴨、涼拌南京大蘿蔔、南京涼麵、金陵烤鴨、南京臭豆腐⋯⋯」

「我們要金陵烤鴨、涼麵、臭豆腐、兩個白飯，再炒一碟青菜。」

服務員下單後，佳晴滿心期待她的首餐南京菜，聽到爸爸問：「你有什麼打算？」

「打算吃桂花糕甜品。」佳晴認真回答。

余智笑起來，說：「我問你打算幾時入段，雖然你還有幾年才到入段的年齡上限，但你經常提起的仲邑堇十二歲已經二段。」

「雖然令和棋聖創下日本五十三年來的紀錄，但我可以創下入段最慢的中國紀錄啊。」佳晴笑說。

余智笑起來，佳晴說的話未必句句好笑，聽在爸爸耳中總覺得是說不出的幽默，笑罷才說：「最煩惱的是準備入段要停學，萬一⋯⋯」

「沒有萬一，我很快會追上的。」

「你可以兼顧學業和圍棋嗎？」

「我好想既入段又讀書，不過，你和爺爺都專心學棋，我當然無法兼顧。我怎可能每日花十小時練習和看棋書，同時上學讀書呢？」

「黑嘉嘉十四歲入段，同時完成中學課程。」

「我想嘗試整整一年專心做棋手，如果我的天分不及黑嘉嘉、於之瑩和仲邑堇，我會專心讀書。」

「其實，當業餘棋手也不差。祖籍南京的業餘棋手李捷在美國做律師，像他那樣一邊做律師一邊業餘參

賽也不錯。」余智說：「我和你爺爺還有你外爺是過來人，我們知道這條路難走。」

「知道。」佳晴看見飯菜送到桌子上，隨口回應。

「我們邊吃邊聊。」

「即使你們沒有九段，依然活得很好，我會先做職業棋手的。」佳晴咬一口臭豆腐說。

「我們當然有挫敗和痛苦，你未出世，你不知道我們的困難而已。」

「我知道困難，」佳晴說：「在開封重遇的蘇明說了許多現今棋手的難處，我明知困難仍要一試，我會努力練習的。」

「別以為人生像電影和電視劇說的那樣，天才少女橫空而出，隨時可以贏得世界冠軍，輕易得到獎金和名氣。那是編劇創作的，現實世界一個都無，從來沒有，一個都沒有。」

「從來沒有嗎？吳清源呢？」

「他不是天才少女，」余智笑說：「況且，他的路比別人更難走，有時間再跟你說。」

「努力到了盡頭，才知可以到達哪個位置。」

「遲點讓你停學好了，」余智說：「讀書和圍棋很難兼顧。柯潔進入清華大學讀書後，不但輸給南韓的申旻竣，再要敗給申真諝，許多網友認為讀書令他失去冠軍寶座。不少人説上大學之後全部退步，古力和於之瑩也是，中國的第一人全是這樣從高處掉下來。」

「蘇明説，無法兼顧學業的棋手會被人嘲笑學識淺，文化水平低沒女孩喜歡。」佳晴説：「沒料到讀大學又被人怪責將黃金時間花在無用的學業上。」

「許多人認為柯潔應該三十歲退休後才讀書。」

「那時候，他就是全班最老的，沒有同學跟他玩啊。」佳晴説。

「無論怎樣做都有人贊成有人批評，最重要的是你的決定。」

「如果你的學生問你，誰是最強的圍棋高手，你怎樣答？」

「古代的不肯定，近代的一定是天才兒童吳清源，他也是爺爺經常提到的棋聖。」

「他是神童中的神童嗎？」

「是，吳清源十一歲已經贏遍四周的人，連圍棋導師都不是他的對手。當年是南京政府管治，不過，北洋政府同樣有很大權力，其中以段祺瑞最沉迷圍棋，他知道有吳清源這樣的神童後，請他當門客，還給月薪一百大洋。」

「聘用童工不合法的，而且一個月才一百元。」佳晴說。

「門客不用工作的，只是下棋。當年的工人月薪大概十五大洋，一百大洋是極高薪酬。」

「十一歲可以賺那麼多錢？」

「別只顧金錢，大家留意到要是沒有段祺瑞這樣的棋痴，未必有吳清源傳奇。」余智說：「那時候，不少圍棋高手當上段老的門客，由於段老愛贏，個個門客都裝作稍輸給他，豈料十一歲的吳清源不知段老愛贏，第一局棋就贏段老，段老不再跟他下棋。」

「贏輸是正常的，段老輸棋就不高興，不是自找麻煩嗎？」

「對，輸棋很正常，學習接受輸棋的氣量並不容易。九段的常老師總是提醒年輕棋手想要取得好成績，先要學習如何去面對失敗。」

「每個棋手都想贏啊。」

「每個棋手都想贏，但現實是每局棋都是一勝一負，即使和局，大家心裏知道誰較優勝的。」

「我討厭輸棋感受。」

「常老師曾經六次得到世界第二，個個笑他是千年老二。他說有次太想贏，明明九成九會贏的，竟然錯下一子輸掉。待他明白可以輸棋時，心平氣和下棋就贏得世界冠軍。」余智說：「我們要由輸棋學起。」

「吳清源有學輸棋嗎？」

「不知道，只知他在段府期間不斷跟不同高手切磋技藝，棋力進步神速。段祺瑞資助吳清源去日本學棋，他在日本將所有頂尖棋手全部打到降級。幾年後，當他返回段府時，段老更老，兩人下棋，吳清源小敗，大家心神領會。」

「心神領會什麼？」

「人間有情。」

「我們要假裝輸棋嗎？」

「不是，絕對不是。」余智說：「明明可以贏棋但假裝輸棋，對手一定知道，所以，只能稍稍落敗，保持稍敗而輸棋比贏棋更難。」

「嗯，我明白了，假裝輸棋一方想對手開心。」

「段老當然知道吳清源假裝輸棋，人人知道真正的勝負，那是吳清源感謝段老栽培。」

「爸爸會這樣做嗎？」

「我曾假裝敗在你媽媽手下。」

「她一定高興。」

「不，她是傷心和憤怒，她要公平的比賽。」

「嗯，我也明白媽媽的想法。」

余智看見女兒跟妻子長得近乎一模一樣的臉，微微一笑，說：「你明白媽媽的想法就好。」

「AI不會有這樣的煩惱，如果有人輸入險勝的要求，AI一樣做到。」

「不過，人工智能永遠無法理解人的感情，它只懂

勝負。」

「下棋就是要分勝負啊。」

「這樣說吧，吳清源遇過車禍，下棋能力大退，七十歲舉辦引退儀式，邀請曾跟他在十番棋裏生死較量的對手到場，每人以一手聯棋向他致敬。」

「日本人的儀式很特別。」

「他是至今唯一一個中國人在日本接受同業最高榮譽的，吳清源贏過無數日本對手，那一刻是一笑泯恩仇。年逾古稀的師兄把第一手棋下在天元……」

「我記得了，奶奶曾說吳清源在日本以三三、星、天元開局，跟傳統不同。」

「連你都記得，代表人人記得吳清源的套路，師兄拐個彎對師弟的致敬，吳清源看罷一笑，還師兄的著名出手飛掛天元。」

「噢，他同樣向師兄致敬。」

「對，在場的八百多人看見這兩手棋，紛紛報以熱烈掌聲，好些棋手還低頭落淚。」

「有這麼感人嗎？」

「有,到你下棋幾十年後,自然明白。」

「那局棋由誰勝出?」

「你還不明白嗎?那局棋無關勝負。」

「不明白,我要七十多歲才明白嗎?」

「爸爸距離七十多歲還遠,但我早已明白。」余智笑說:「待你明白之時,你才是真正的棋手。」

「吃甜品吧。」佳晴望向滿桌殘羹說。

「吃那麼多甜品,小心變成肥晴。」

「沒有人會這樣取笑自己的女兒啊,」佳晴帶點懊惱說:「練棋太辛苦了,多吃甜品,苦中一點甜。」

「吃罷甜品,早點回房睡覺,我們明天要逛逛,順道拜訪我的朋友。」

余智跟幾個朋友見面閒聊,帶同佳晴看過好些圍棋學校和道場以後,一起乘高鐵回家。

「你們這一代太幸福了。」余智在車廂說。

「是嗎?」

「你看看你自己多幸福,」余智用手指一一細數:

151

「你可以選擇去北京和南京學習，兩處都有爸爸的朋友照顧你。你甚至可以選擇留在洛陽或西安，兩地都有親人。留在杭州更好，多幸福。」

「其實，有太多選擇會令人患上選擇困難症的。」

余智大笑起來，說：「你知道以前的棋手全無選擇嗎？」

「由傳說的帝堯開始就有圍棋啊，幾千年的棋手都有選擇。」

「別總想着反駁爸爸的話，」余智說：「在吳清源的年代，日本的圍棋發展更完善，同時期的中國的天才棋手未有人發現就消失了。」

「後來呢？」

「一九七五年恢復全運會，聶老當年二十多歲，贏得全國冠軍。不過，當年中日圍棋發展有一段距離，全國冠軍並不是最高榮譽，可以贏日本的九段才是。」

「世界冠軍才是最高榮譽啊。」

「然後是韓國李昌鎬的年代，他在一九七五年才出世，十六歲贏得首個世界冠軍，其後連贏十九座世界冠

軍，至今無人破到他的紀錄。」

「難怪你說我年紀不小了，十四歲還未到初段。」佳晴沮喪起來。

「棋士只會跟自己比較的，誰要你跟世界最頂尖的棋手比較？」

「我知道我無法學他。」

「不，你可以學習他的棋品。」

「他已經退出。」

「淡出而已，他的成就早已超越所有前輩，但他仍然尊重前輩，從不貶低別人。對於後輩，比如記者提起申真諝可能破他的紀錄時，他讚申真諝了不起，不會嫉妒後輩，只會鼓勵他們。」

「不一定要讚賞才是好的，申真諝說柯潔的狠話反而激勵他，讓他振作起來，這樣也讓他成長很多。」

「你以為狠話比鼓勵的話好嗎？」

「他提起柯潔激勵他勝出，沒有說前輩讚賞他令他勝出。」

「這是反話，」余智說：「他已經勝出，反過來嘲

諷當日説狠話的人。」

「噢，太難明白了。」佳晴見爸爸正想説話，連忙說：「你不用説，我現在不明白的，總有天會明白，到時候，我就是真正的棋手了。」

余智笑起來，説：「即使做不到真正的棋手，起碼要做個真正善良的人。」

「爸爸，為什麼成語是世事如棋，不是世事如琴、世事如書或世事如畫，偏偏説世事如棋呢？」

「你不覺得圍棋好像人生嗎？」

「我覺得棋盤的三百六十一格比無邊無際的人生容易理解。」

「每一盤圍棋都是不同的，世上沒有重複的棋局，也沒有重複的人生。下棋的時候，即使有段數的差距，依然勝負難測。每一步棋都可能下對，也可能下錯，回想起來，總覺得可以更好。」

「圍棋一定有對手，彈琴、讀書和畫畫不用，下棋比其他活動更要顧及他人。」

「很少人談書品或琴品，但一定會留意棋品。」

「柯潔不夠棋品嗎？」

「圍棋冠軍大多少年成名，要求少年有棋品並不容易。他最近又贏了，這樣的天才棋手並不多見，希望他日趨成熟，提升棋藝及棋品。」

「你那麼重視棋品，誰的棋品最高？」

「季清芳。」余智認真說。

「我認為余智六段棋品最高。」

余智大笑起來，整程車都開心得不得了。

入夜回到杭州，到達棋社的時候，佳晴看見爺爺跟駱伯伯正在下棋，幾個熟客在圍觀。

余智問周苓：「老爸的棋很厲害嗎？」

「水平沒變。」周苓說。

「那麼多人好奇到底為什麼？」

「他們停留太久，」周苓說：「這局沒有計時，雙方都思考很長時間，大家想看他們下一步是怎樣的。」

余智細看棋盤，雖然雙方勢均力敵，但不用思考那麼久的。

大家屏息以待，期待高手出招似的，余智知道兩老

心理壓力太大，連忙說：「我們剛從南京回來，請大家飲咖啡和吃點金陵小食，大家過來吃小食。」

棋客隨即讚好，紛紛走到水吧去，余意鬆一口氣，低聲問駱伯伯：「輪到你下棋還是我下？」

駱伯伯低聲說：「我忘記了。」

兩人相視而笑，隨即決定和局收棋，其他棋客再看過來時，已見兩老在閒聊。

第二日又是新的一天有新的棋局，余意很快忘記跟駱伯伯這局棋，甚至忘記以前認為很重要的棋局，但永遠記得下棋樂趣無窮。

後記

✦ 我們下一盤棋──關麗珊 ✦

家父愛下中國象棋，我近乎不用學習就懂得。

小時候跟家父下棋，就算他讓我雙車或雙炮都很快勝出。

上中學後，開始不用讓棋而互有輸贏，後來是我贏的多。然後有一日，家父說下棋太用腦，不下了。自此以後，他沒有再跟我下棋，寧願自己和自己對弈。

當我看到吳清源跟段祺瑞下圍棋稍輸的故事時，隨即想到我應該讓父親不時稍勝。下棋重視遊戲規則和勝負，然而，下棋始終是遊戲，人情世故比勝負重要。

如果當年有《中國棋手的智慧之戰》，讓我看過自會懂得讓家父生活得更愉快。

我喜歡弈棋的公平規則，無名小孩可以贏著名棋

士。身體殘障的朋友可跟常人比賽，不必像奧運會分開兩組。對弈公平是小說角色季清芳最重視和珍惜的，所以，刻意輸棋未必是好事，每局都要衡量時間、地點和人物而定，反正下棋是必須用腦的。

讀小二時，家父跟我說猴子的故事，他以順德話說「啲馬騮蠢到唔蠢，點都唔識放手」。他說的是猴子在窄口缸取柑，我將柑改為蘋果。我從來沒有聽過或見過類似故事，不知是否家父原創的，只知聽得多就懂得放手。當我遇到困難時，腦海總會想起這個故事，做人不要蠢過馬騮，放開拿不走的柑或蘋果，自有其他水果可取的。

小說分六章，每章是一年時間，主角佳晴由童年踏入青春期。要是小讀者未能完全理解這本小說，喜歡故事就是。以後大可每年重看一遍，說不定可看見自身成長。

　　小說裏有虛構人物和真實人物，提及的比賽是真的。

　　我尊重所有圍棋愛好者，以至所有喜歡下棋的朋友，下棋可讓我們增長智慧，笑看世情。

　　世事如棋，一着爭來千古業；柔情似水，幾時流盡六朝春。

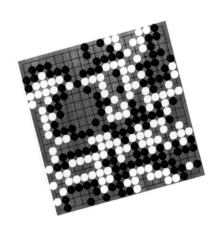